KB054631

한국해양대학교 박물관
해양문화정책연구센터
국제해양문제연구소
해양역사문화문고 ⑥

바다와 음악

김성준

지은이 **김성준**

약력 : 한국해양대학교 항해융합학부 및 대학원 해양역사문화전공 교수
역사학박사, Master Mariner(STCW 95 Ⅱ/2)

주요저서 :『산업혁명과 해운산업』(혜안),『서양항해선박사』(혜안),『한국항해선
박사』(혜안),『해사영어의 어원』(문현),『유럽의 대항해시대』(문현)

주요역서 :『선함포템킨』(서해문집),『시양해운사』(혜안),『미친항해』(혜안),『현
대해사용어의 어원』(문현),『바다에서 생명을 살린 플림솔 마크』
(장금상선)

해양역사문화문고⑥
바다와 음악

2023년 12월 22일 초판 인쇄
2023년 12월 27일 초판 발행

지은이 김 성 준
펴낸이 한 신 규
편 집 이 은 영

펴낸곳 글터
서울시 송파구 동남로 11길 19(가락동)
T 070.7613.9110 F 02.443.0212 E geul2013@naver.com
등 록 2013년 4월 12일(제25100-2013-000041호)

ISBN 979-11-88353-60-6 03810   정가 14,000원

필자에게 음악, 특히 1980년대 팝음악은 지루하고 신산했던 청소년기를 견디게 해준 청량제였다. 바다 인문학을 공부하면서 바다와 항해를 테마로 한 클래식음악과 팝음악, 유럽의 뱃사람들이 불렀던 노동요(sea shanty)에도 관심을 갖게 되었다. 그렇게 모은 바다 음악에 대해『해양과 문화』에 일부 소개한 바 있다. 그 책이 출간되고 10년이 경과하는 동안 나의 레이더에 포착된 우리나라 뱃노래, sea shanty, 팝음악이 기존에 소개했던 양에 버금가게 되었다. 바다와 배라고 하면 으레 이별과 슬픔 등이 연상되는 우리의 정서 속에서 우리 뱃노래들이 그렇게도 신명나고, 우리 대중가요 중에도 낭만과 희망의 배와 항해를 노래하는 곡들이 많다는 사실을 알게 된 것은 커다란 수확이었다.

뱃사람들이라고 해서 반드시 뱃노래와 바다 노래를 불러야 하는 것은 아니다. 하지만 혼승이 일반화된 현 시대에 필리핀, 미얀마, 인도네시아 선원들과 함께 노래를 불러야 할 상황이 되었을 때 로드 스튜어트의 'sailing'을 함께 부르면서 동질감을 느낄 수 있다면 주연(酒宴)이 단순한 주연에 그치지 않고 동료애와 씨맨쉽을 확인하는 자리가 될 것이다.

아는 만큼 보이고, 아는 만큼 자기가 하는 일에 자부심을 갖게 되는 것은 당연한 이치다. 여기에 소개된 뱃노래, sea shanty, 클래식, 팝음악을 그저 눈으로만 읽는 데 그치지 말고 직접 따라 부르기도 하고, 유튜브 등에서 찾아 들어보면서 해양인으로서의 자기 정체성을 깨달아가는 기회가 되었으면 한다. 뱃사람들과 일반인들이 바다 음악을 듣고 부르며 배와 항해, 그리고 바다에 이끌려 가길 바라마지 않는다.

2023년 초겨울
아치섬 해죽헌에서
푸른물결 김성준

책을 내며

1 뱃노래

1. 우리나라

우리 겨레는 해양민족은 아니었으나 삼면이 바다로 둘러싸여 있어서 바다와는 떼려야 뗄 수 없는 관계에 있었다. 그런만큼 바다에서 생업을 이어가야 했던 어부들은 노래를 부르며 고기잡이의 고단함을 조금이나마 덜어보려고 했다. 어부들이 바다에서 불렀던 대표적인 노래로 배따라기와 뱃노래가 있다. 박지원의 『한북행정록漢北行程錄』에 따르면 "우리나라 악부樂府에 이른바 '배타라기排打羅其'라는 곡이 있다. 방언으로 '선리船離'로서 그 곡조가 처량하기 그지없다"라고 하였다. 배따라기는 '선리'라는 말에서 확인할 수 있듯이 본시 '배 떠나기'의 음변으로 배를 떠나보내는 이별을 노래하는 데서 유래했음을 알 수 있다. 이는 주로 어부들의 고달픈 신세를 자탄하는 현존 배따라기의 사설과는 다소 다른 것이다. 배따라기가 널리 퍼지게 된 것은 원각사 시절 박춘재, 홍도, 보대 등의 경기잡가의 명창들

에 의해서이다.[1]

배따라기의 사설[2]

받는 소리 : 요내 춘색은 다 지나가고/ 황국 단풍이 다시 돌
아오누나
(후렴) 이에 지화자 좋다

메기는 소리 : 천생 만민은 필수지업必授之業이 다 각기 달라
우리는 구태여 선인이 되여 먹는 밥은 사자밥이요
자는 잠은 칠성판이라지
옛날에 노인 하시던 말씀은 속언 속담으로 알아를 왔더니
금월 금일 당도하니 우리도 백년이 다 진盡토록 내가 어이
하잘꼬.
(후렴): 이에 지화자 좋다

메기는 소리 : 이렁저렁 행선하여 나가다가 좌우 산천을 바
라를 보니

1) 이소영, '배따라기', 『한국민속대백과사전』, at https://folkency.nfm.go.kr/kr/
topic/detail/6240
2) 국립국악원, 국악정보: 배따라기, at https://terms.naver.com/entry.
naver?docId=1024079&cid=42583&categoryId=42583

운무는 자욱하여 동서 사방을 알 수 없다누나
영좌領座님아, 쇠 놓아 보아라.
평양의 대동강이 어디로 붙었나.
(후렴) 이에 지화자 좋다

　배따라기의 사설은 선창자에 따라 다양하게 변화되기에 일
정하지 않다.[3] 다만 뱃사공의 신세 타령이 주를 이루고, 약간의
변박이 있으나 대체로 도드리장단에 맞추어 나간다. 배따라기
는 서도잡가의 전형적인 특성을 보이지만, 배따라기의 첫 마디
가 서울 긴잡가 '유산가'의 첫 마루의 음조와 비슷하고, '이에 지
화자 좋다'라는 후렴구가 들어가는 것 등은 경기 소리의 영향
을 받았음을 알 수 있다.[4]
　이에 반해 '자진배따라기'는 내용과 장단 모두 '배따라기'와
는 차이가 있다. 우선 내용상으로 자진배따라기는 풍어와 만선
의 기쁨을 노래하고 있기 때문에 장단 또한 빠른 세마치 장단
으로 이루어져 있다. 이는 자진배따라기의 사설을 통해 확인할
수 있다.

---

3) 한국속가자료집에는 총 19곡의 배따라기 사설이 실려 있다. 최연화, 서도소리
의 배따라기 연구, 원광대학교 국악과 박사학위논문, 2017, pp.38-39.
4) 이소영, '배따라기', 『한국민속대백과사전』, at https://folkency.nfm.go.kr/kr/
topic/detail/6240

자진배따라기[5]

메기는소리 : 여보시오 친구님네들, 이내 말씀을 들어를 보소.
금년 신수 불행하여 망한 배는 망했거니와
봉죽鳳竹을 받은 배 저기 떠들어 옵니다.
봉죽을 받았단다. 봉죽을 받았단다.
오만 칠천냥 대봉죽을 받았다누나.

받는소리 : 지화자 좋다. 이에 - 어구야 더구야 지화자 좋다.

메기는소리 : 돈을 얼마나 실었습나 돈을 얼마나 실었습나.
오만 칠천냥 여덟 갑절을 실었다누나.

받는소리 : 지화자 좋다. 이에 - 어구야 더구야 지화자 좋다.

　자진배따라기의 이본으로 '배치기'가 있다. 황해도와 경기도
일대에서 비교적 근대에 와서 불려졌던 노래로 서도 뱃노래로
'자진 배따라기'에 뒤이어 불려진 노래다. 분단 이후 전북 위도
나 연평도에서 풍어제 중에 배치기를 부르는 데, 선율은 대체
로 황해도 민요풍으로 되어 있다.

---

5) 국립국악원, 국악정보: 배따라기, at https://terms.naver.com/entry.
naver?docId=1024079&cid= 42583&categoryId=42583

배치기[6]

어영도 철산을 다 쳐다 먹고 연평 바다로 돈 실러 갑시다
후렴 : 어허어 어허어어 어허으어 어허으어 어어허어 어화요

돈 실러 간다 돈 실러 간다 연평바다로 돈 실러 갑세다
간 곳마다 치는 북은 우리 배가 다 치고 났단다
이물 돛대는 사리화 피고 고물 돛대는 만장기 띄었다
연평 장군님 위히 보소 우리 배불러서 도장원 주시오
오동추야 달 밝은 밤에 새우젓 잡기가 재미가 난다
정월부터 치는 북은 오월 파송을 내 늘러 쳤단다
연평바다에 널린 조기 양주만 남기고 다 잡아드려라
암매 숫매 맞 마쳐놓고 여드레 바다에 두둥실 났단다

    자진배따라기와 배치기와 같은 계열의 노래로 술비 타령이
있다. 술비는 닻줄을 뜻하는데, 술비 타령은 '닻줄을 꼬면서 풍
어를 기원하는 노래로 전북 위도나 연평도에서부터 황해도와
평안도에 이르기까지 서해안 전 지역에서 불려지던 노래다.

---

6) 하응백, 배치기,『창악집성』, at https://terms.naver.com/entry.naver?docId=
5698004&cid=63065&categoryId=63065

슬비 타령[7]

후렴 : 어영차 슬비로다 어영차 슬비로다

이 슬비가 네 슬비냐 지상중에두 슬비로다
연평바다에 만선이 되어 오색깃발을 휘날리면서
선창머리에 닿는구나 닻을 감고 돛 달아라
칠산바다로 나가자꾸나 노도풍랑을 헤치면서
갈매기떼 춤을 추니 만선 깃발을 휘날리면서
풍악소리가 요란하구나 오동추야 달 밝은 밤에
님생각이 저절로 난다 뱃주인집 아주마니 돈받으소
철렁철렁 돈들어 갑네다 우리배 사공은 힘도 좋아
오만 칠천냥 벌었다누나 닻을 들고 돛을 달고
노 저어라 노 저어라 칠산바다로 돈벌러 가세

오늘은 연평도라 내일은 황해도라
닻을 내리고 노를 저어라
돛을 들고 그물을 넣어라
당겨나 보세 당겨나 보세
걸렸구나 걸렸구나
호박넝쿨에 수박이 열리듯

---

7) 하응백, 배치기, 『창악집성』, at https://terms.naver.com/entry.naver?docId=5698004&cid=63065&categoryId=63065

주렁주렁 걸렸구나

만선이다 만선이다 우리배가 만선이다

어야디야 (어야디야) 어그야디여차(어그야디여차)

어그야더거야 어허어허 어허어어어

어그야 디여차 어그야 디여차

어영차 술비로다 어야차

    배따라기가 중부 지방의 노래라면, 뱃노래는 우리나라 해안
가에서 널리 불려지던 노동요다. 그리고 뱃노래라는 단일곡이
아니라 배와 관련된 민요의 총칭이라고 할 수 있는데, 배 닦는
노래, 닻 올리는 노래, 노 젓는 노래, 그물 당기는 노래, 고기 푸
는 노래, 고기 터는 노래, 시선柴船(땔나무 배) 뱃노래 등으로 다
양하다. 대표적인 뱃노래인 닻 올리는 소리는 주로 서해안에서
주로 불려졌다. 이는 조수간만의 차가 커 선착장에 배를 직접
댈 수 없는 서해안에서 뻘에 박힌 닻을 감아 올리는 일이 잦았
기 때문이다.

닻 감는 소리[8]
(인천광역시 무형문화재 제3호)

우리 배 닻이 올라오네/ 에이야 자차
우리 배 동사님 힘이 좋아/ 에이야 자차
잘도 감는다 힘을 주게/ 어이야 자차
어서 가세 연평으로 가세/ 어이야 자차
올라온다 올라온다/ 어이야 자차
우리 배 닻이 올라오네/ 오이야 자차

　닻 올리는 노래나 노 젓는 노래, 그물 당기는 노래 등은 힘든 뱃일을 하면서 부르는 노동요인 만큼 노동의 힘겨움을 덜어주려는 목적이 주여서 사설이 일정하지 않고 또 길지도 않다.
　뱃노래 가운데 오늘날까지 명맥을 유지하며 널리 애창되고 있는 노래는 뱃놀이와 자진뱃놀이이다. 여타 뱃노래들이 어로라는 노동을 중심으로 불려진 데 반해, 뱃놀이는 말 그대로 배를 타고 놀면서 부르는 노래인만큼 장단도 흥겹고 사설도 구성지다. 특히 자진뱃놀이는 고려대의 대표적인 응원가 중의 하나로 수많은 국악가들과 대중가수들에 의해 현재까지도 애창되고 있다.

---

8) 신은주, 닻 감는 소리, 『한국민속대백과사전』, at https://folkency.nfm.go.kr/kr/topic/detail/703

굿거리 뱃놀이[9]

부딪히는 파도소리 단잠을 깨우니 들려오는 노 젓는소리 처량도 하구나

하늬바람 마파람아 맘대로 불어라 키를 잡은 이 사공이 갈 곳이 있단다

닻을 놓고 노를 저으니 배가 가느냐 알심없는 저 사공아 닻 걸어 올려라

밀물썰물 드나드는 세모래 사장에 우리님이 딛고 간 발자취 내어이 알소냐

일락서산 해저무는 날이 큰닻을 던지니 오동추야 달밝은 밤에 님 생각 나누나

어스름 달밤에 개구리 우는소리 시집못간 노처녀가 안달이 났구나

오동나무 길러서 장구통 파고요 총각은 길러서 내낭군 삼잔다

망망대해 해저무는 날에 큰북을 울리며 뱃머리에 큰 깃을 달고 돌아들 오누나

만경창파 풍란을 헤치며 노젓는 뱃사공 흰 갈매기 친구를 삼고 흘러만 가누나

남의 님을 볼려고 울타리 넘다가 호박 덩굴에 걸려서 동네

---

9) https://gasazip.com/38541

귀신 되누나

서산낙조 해저문 날에 뱃노래 부르며 어기여차 노를 저어

라 달맞이 가잔다

후렴 : 어기야 디여차 어기야 디여 어기 여차 뱃놀이 가잔다

2. 서양

'샌티(shanty)'는 범선 시대 뱃사람들이 힘겹게 닻을 감아올리
거나, 돛을 올릴 때 노동의 힘겨움과 지루함을 덜기 위해 입
을 모아 부르던 노래다. 샌티라면 영미권 선원들이 불렀던 노
래지만, 영미권 선원들이 대양으로 항해하기 수백년 전에 바
이킹들도 뱃노래를 불렀다. 그 가운데 한 곡이 9세기까지 거슬
러 올라가는 '어머니는 내게 말했지'라는 곡이다. 노랫말을 살
펴 보면, 북방민족들이 배 한 척을 사 멀리까지 항해해 적을 무
찌를 것이라는 내용을 담고 있다.[10] 이 노래는 캐나다의 방송사
인 History 채널에서 제작한 〈Vikings〉라는 연속극에 삽입되
어 2013년 아일랜드에서 처음 방송되었다. 〈Vikings〉는 2020
년 12월 6부작을 끝으로 종영되었다. 2022년 2월 그 후속편인

---

10) Martin Kaspersen, My mother told me, Scandinavian Acchaeology, 2021.
7. 25. at http://www.scandinavianarchaeology.com/my_mother_told_me/

〈Vikings : Valhala〉가 넷플릭스에서 공개되었다.[11]

My mother told me- Songs of Vikings

My mother told me
Someday I will buy
Galley with good oars
Sail to distant shores
Stand up on the prow
Noble barque I steer
Steady course to the haven
Hew many foe-men
Hew many foe-men

어머니가 말씀하셨지
언젠가 나는 튼튼한 노가 장착된
갤리선 한 척을 사
먼 해안으로 항해할 것이라고
멋진 바크선을 조선해
그 뱃머리에 서서

---

11) https://en.wikipedia.org/wiki/Vikings_(TV_series)(2023. 1. 20.)

하늘 끝까지 조종해 가
수많은 적들을 무찌를 것이라고
수많은 적들을 무찌를 것이라고

    범선 시대 영어권에서 가장 널리 불려진 뱃노래는 'Cheer'ly Man'이다. 'Cheer'ly Man'은 글자 그대로 '힘내라, 뱃사람들아!' 라고 힘을 북돋우는 노래다. 이 노래는 리처드 데이너 주니어와 멜빌의 작품에서도 19세기 전반기 뱃사람들이 즐겨 부르는 노래로 소개되어 있을 정도로 영미계 뱃사람들 사이에서는 널리 불려진 노래다. 그러나 뱃노래는 주로 상선들에서 불려졌는데, 이는 영국 해군에서는 노랫소리가 지휘관의 명령을 제대로 전달하지 못하게 방해할 수 있었기 때문에 뱃노래 부르는 것을 금지했기 때문이다.[12] 다음은 현재 가장 널리 알려진 'Cheer'ly man'의 가사와 악보다.

---

12) www.en.wikipedia.org/wiki/Sea_shanty(2013. 9. 30.)

Cheer'ly Man

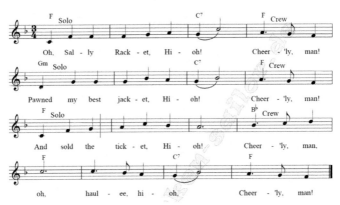

Source: www.drunken-sailor.de/download/noten/Cheer'ly%20Man.pdf

2절 : Oh, Nancy Dawson, Hi-oh! She's got a notion, Hi-oh!
For our old bo'sun, Hi-oh!

3절 : Oh, Betsey Baker, Hi-oh! Lived in Long Acre, Hi-oh!
Married a Quaker, Hi-oh!

4절 : Oh, Kitty Carson, Hi-oh! Jilted the parson, Hi-oh!
Married a mason, Hi-oh!

5절 : Avast there, avast, Hi-oh! Make the fall fast, Hi-oh!
Make it well fast, Hi-oh!

영국 해군에서 널리 불려진 샌티는 'Spanish Ladies'이다. 이
곡은 스페인에서부터 다운즈 정박지(The Downs)까지의 귀항 항

해를 수병의 관점에서 부르고 있다. 1986년 Roy Palmer가 편집한 The Oxford Book of Sea Songs에 따르면, 물론 곡명 자체는 1624년 12월 14일에 기록된 것이 있기는 하지만, 1796년 Nellie호의 항해일지에 기록된 것이 가장 오래된 전거라고 밝히고 있다.[13] 전체적으로 곡조는 보통 빠르기로 전장에서 고향으로 돌아가길 기대하며 진중하게 이어진다. 따라서 이 곡은 노동요가 아니라 배의 여가 시간에 동료들과 함께 고향과 가족, 그리고 애인을 그리는 노래다. 영화 〈마스터 앤 커맨더〉에서 동료 선원들이 함께 부르는 이 노래를 실습사관인 홀름이 청아한 목소리로 따라 부르자 일시에 숙연해지며 그의 노래를 듣는 장면이 나온다.

(1절)

Farewell and adieu to you, Spanish Ladies

Farewell and adieu to you, ladies of Spain

For we've received orders for to sail for old England

But we hope in a short time to see you again.

이제는 안녕! 스페인 아씨들이여

이제는 안녕! 스페인의 아씨들이여

우리는 그리운 영국으로 귀항하라는 명령을 받았네

---

13) https://genius.com/Traditional-spanish-ladies-lyrics(2023. 1. 5.)

그렇지만 머지 않아 그대를 다시 만나길 바라네.

후렴 :

We will rant and we'll roar like true British Sailors
We'll rant and we'll roar all on the salt seas
Until strike soundings in the channel of old England
From Ushant to Scilly is thirty-five leagues
우리는 진정한 영국 배군처럼 고함치고 함성을 지를 것이네
우리 모두는 짜디짠 바다에서 고함치고 함성을 지를 것이네
그리운 영국 해협에서 측심할 때까지
우샨제도에서 쉴리 섬까지는 35 리그라네.

(2절)

We hove our ship to with the wind from sou'west, boys
We hove our ships to, deep soundings to take
'Twas forty-five fathoms, with a white sandy bottom
So we squared our main yard and up channel did make
남서풍을 타고 우리 배를 끌어 내었네
우리는 수심이 깊은 곳까지 우리 배를 끌어 내었네

그곳은 저질이 하얀 모래인데다 수심은 45 패덤이네
우리는 주활대를 활짝 펴고 영국해협 쪽으로 향하네

(3절)

The first land we sighted was called the Dodman
Next Rame Head off Plymouth, Start, Portland and
Wight;
We sailed by Beachy, by Fairlight and Dover
And then we bore up for the South Foreland light
우리가 처음 목격한 육지는 Dodman이네
이어 Plymouth의 Rame 곶, Start, Portland, 그리고
Wight가 나타나네
South Foreland 등대가 나타날 때까지 견뎌야 했네.

(4절)

Then the signal was made for the grand fleet to anchor
And all in the Downs that night for to lie;
Let go your shank painter[14], let go your cat stopper[15]

---

14) 닻혀(fluke) 부근의 닻팔(arm)을 잡아 묶어놓는 작은 로프.
15) 닻을 잡아 고정하는 로프나 체인.

Haul up your clew-garnets[16), let tacks[17) and sheets[18) fly!
대함대에게 묘박하라는 신호가 떨어졌네
우리 모두는 그날 밤 다운즈정박지에서 잠을 청할 것이네
닻을 매어둔 shank painter와 cat stopper를 풀어라.
돛 하부 가장자리 줄을 당겨 tack와 sheet을 풀어버려라.

(5절)
Now let ev'ry man drink off his full bumper
And let ev'ry man drink off his full glass;
We'll drink and be jolly and drown melancholy
And here's to the health of each true-hearted lass
이제 모두 주량껏 술을 마시자.
모두 술잔을 가득 채워 술을 마시자
우리는 즐겁게 술을 마시고, 우울함을 물에 빠뜨려 버리자
진실한 마음을 가진 모든 아가씨들의 건강을 위해.

해적선에서 주로 불려진 노래도 있는데, 'Leaver her, Johny'
가 그 곡이다. 이 곡은 항해를 마치고 곧 하선할 시점을 표현한

---

16) 돛의 아래 가장자리(clew)에 연결되어 있는 로프.
17) 바람 불어오는 쪽의 돛의 아래 쪽의 가장자리.
18) 돛의 아래 가장자리를 조종하는 데 사용되는 줄이나 로프.

곡이다. 이 곡에서 'her'는 물론 선원들이 타고 있는 '배'를 의미하는데, 영어 등 주요 유럽어권에서 '배'는 보통 여성형이기 때문이다. 그리고 'Johnny'는 일반적인 남성을 뜻하는데, 여기서는 Jack처럼 영국 선원들의 통칭이라고 볼 수 있다.[19] 노랫말이 평이해 우리말로 번역하지 않아도 쉽게 이해할 수 있다. 각 절마다 네 소절로 이루어져 있는데, 선창자가 첫 소절을 부르면, 두 번째 소절을 여러 명이 제창하고, 선창자가 다시 세 번째 소절을 부르면, 네 번째 소절을 여러 명이 제창하는 형식으로 5절까지 반복된다. 이 노래는 온라인 게임인 'Assassin's Creed 4: Black Flag'에도 배경음악으로 사용되기도 했다.

(1절)

I thought I heard the Old Man say

"Leave her, Johnny, leave her"

Tomorrow ye will get your pay

And it's time for us to leave her

어르신이 말하시는 것을 나는 들었네

'배를 떠나게, 조니, 배를 내리게'

내일 급료를 받으면

우리가 배를 떠날 때라네

---

19) https://genius.com/Sean-dagher-leave-her-johnny-lyrics(2023. 1. 5).

(2절)

Leave her, Johnny, leave her

Oh, leave her, Johnny, leave her

For the voyage is long and the winds don't blow

And it's time for us to leave her

배를 떠나게, 조니, 배를 내리게

배를 떠나게, 조니, 배를 내리게

(3절)

Oh, the wind was foul and the sea ran high

Leave her, Johnny, leave her

She shipped it green and none went by

And it's time for us to leave her

바람이 거칠고 파도가 치네

배를 떠나게, 조니, 배를 내리게

배가 검푸른 파도를 가르고, 아무도 지나지 못하네

이제 우리가 배를 떠날 때라네

(4절)

Leave her, Johnny, leave her

Oh, leave her, Johnny, leave her

For the voyage is long and the winds don't blow

And it's time for us to leave her

배를 떠나게, 조니, 배를 내리게

배를 떠나게, 조니, 배를 내리게

항해는 늘어지고, 바람조차 불지 않네

이제 우리가 배를 떠날 때라네

(5절)

I hate to sail on this rotten tub

Leave her, Johnny, leave her

No grog allowed and rotten grub

And it's time for us to leave her

이 썩은 배에 타고 항해하고 싶지 않다네

배를 떠나게, 조니, 배를 내리게

그로그 술 한 잔 마시지 못하고, 상한 음식 뿐이네

이제 우리가 배를 떠날 때라네

(6절)

We swear by rote for want of more

Leave her, Johnny, leave her

But now we're through so we'll go on shore

And it's time for us to leave her

더 많은 것을 원한다고 기계적으로 맹세하네

배를 떠나게, 조니, 배를 내리게

그러나 이제 끝났으니 해안으로 갈 걸세

이제 우리가 배를 떠날 때라네

샌티 가운데 가장 흥겨운 노래는 'drunken sailor'인데, 이 곡은 1830년대부터 불려지기 시작한 것으로 알려지고 있다. 이 곡에는 'Irish rovers'라는 부제가 붙어 있기도 한데, 이는 전체적인 곡조가 아일랜드 민요인 'Óró, sé do bheatha abhaile(cheer, welcome home)'와 유사하기 때문이다. 그러나 정작 이 곡이 출판된 것은 1839년 커네티컷의 뉴 런던에서 태평양으로 향하는 고래잡이 배에 관한 서술에서 언급되었다. 여기에서는 이 노래가 선원들이 함께 밧줄이나 닻을 끌어올릴 때 힘을 북돋우기 위해 불렀던 노래의 예로 소개되고 있다고 한다.[20]

이 노래는 1절 가사에 반복적으로 사용되는 'what shall we do with the drunken sailor'나 후렴구에 반복되는 'up she rises'라는 곡명으로도 알려져 있다. 'drunken sailor'는 글자 그대로 '술취한 뱃사람'을 뜻하지만, 'like a drunken sailor'는 '무

---

20) https://en.wikipedia.org/wiki/Drunken_Sailor(2023. 1. 15).

절제하고, 무모하며 경박하게'라는 의미다.[21] 제목에서 풍기는 느낌처럼 경쾌하고 빠른 곡조로 뱃사람들이 여가 시간에 흥겹게 돌림노래처럼 부르는 노래였다. 그런 까닭인지 20세기에도 대중들에게도 인기가 있어 shanty 가운데 가장 인기 있는 레퍼토리 가운데 하나가 되었다.

Drunken Sailor-Irish Rovers

(1절) What will we do with a drunken sailor?
         What will we do with a drunken sailor?
         What will we do with a drunken sailor?
         Early in the morning!

(후렴) Way hay and up she rises
         Way hay and up she rises
         Way hay and up she rises
         Early in the morning!

(2절) Shave his belly with a rusty razor
         Shave his belly with a rusty razor

---

21) https://idioms.thefreedictionary.com/like+a+drunken+sailor(2023. 1. 15).

Shave his belly with a rusty razor
Early in the morning!

(3절) Put him in a long boat till his sober
Put him in a long boat till his sober
Put him in a long boat till his sober
Early in the morning!

(4절) Stick him in a scupper with a hosepipe bottom
Stick him in a scupper with a hosepipe bottom
Stick him in a scupper with a hosepipe bottom
Early in the morning!

(5절) Put him in the bed with the captains daughter
Put him in the bed with the captains daughter
Put him in the bed with the captains daughter
Early in the morning!

(6절) That's what we do with a drunken sailor
That's what we do with a drunken sailor
That's what we do with a drunken sailor
Early in the morning!

'Cheer'ly Man'과 함께 범선 시대 미국 선원들 사이에 가장 널리 불려진 뱃노래는 '쉐난도어'(Shenandoah)다. 이 노래는 주로 미국 상선 선원들 사이에서 불려진 뱃노래다. 여기에서 '쉐난 도어'는 인디언 추장의 이름으로, 이 노래는 본래 쉐난도어의 딸과 눈이 맞아 달아난 개척민 간의 이야기를 그린 민요였다. 그러나 뱃사람들이 자기 배에 맞게 개사해 부르게 되면서 범선 시대에 뱃사람들이 가장 널리 불렀던 뱃노래가 되었다고 한다. 쉐난도어의 영어 원곡을 보면 곡조를 매우 길게 느려 뽑고, 후렴을 강조함으로써 작업 중에 부르기에 알맞은 음률로 되어 있다. '쉐난도어'는 오늘날에도 부르스 스프링스틴 등의 미국의 팝가수뿐만 아니라 Sissel Kyrkjebø와 같은 노르웨이 가수들에 의해 널리 불려지고 있다.

Shenandoah, I love your daughter
Away, you rolling river
I'll take her across the water
Away, we're bound away,
Cross the wide Missouri

My Shenandoah, I long to see you
Away, you rolling river

I'll not deceive you
Away, bound away,
Cross the wide Missouri

Seven years, I've been a rover
Away, you rolling river
Seven years I've been a rover
Away, bound away,
Cross the wide Missouri

Shenandoah, I love your daughter
Away, you rolling river
I'll take her across the water
Away, we're bound away,
Cross the wide Missouri

오, 쉐난도어, 그대 딸을 사랑하오,
너울거리는 강물이여!
저 강물 너머로 그녀를 데려가려네
우리는 묶여 함께 갈 것이네
저 넓고 넓은 미주리 강을 건너서.

나의 쉐난도어, 그대 보고 싶구려,
너울거리는 강물이여!
오, 쉐난도어, 나는 그대를 속이지 않으리
함께 떠나려 하네.
저 넓고 넓은 미주리 강을 건너서

7년 동안, 나는 떠돌아다녔네.
너울거리는 강물이여!
7년 동안, 나는 떠돌아다녔네
함께 떠나려 하네.
저 넓고 넓은 미주리 강을 건너서

오, 쉐난도어, 그대 딸을 사랑하오
너울거리는 강물이여!
저 강물 너머로 그녀를 데려가려네
우리는 묶여 함께 갈 것이네
저 넓고 넓은 미주리 강을 건너서.

'Cheer'ly man'이나 '쉐난도어'는 주로 상선에서 불려졌지만,
'옛 배동무를 잊지 말게'(Don't forget your old shipmate)[22]는 주로 군함

---

22) http://www.youtube.com/watch?v=wY1fUAPYH3M&feature=player_

에서 불려졌다. 원곡은 1860년대 영국해군군함 말버러호(HMS Marlborough)에서 승선했던 Richard C. Sauders가 작사한 것으로 알려지고 있다.[23] 이 노래는 러슬 크로(Russel Crowe)가 주연한 영화 '마스터 앤 커맨더'(Master and Commander)에 삽입되어 범선시대 영국 수병들의 애환과 낭만을 표현하는 데 활용되기도 했다.

Don't Forget your Old Shipmate

(1절)
Safe and sound at home again, let the waters roar, Jack.
다시 안전하고 건강하게 고향으로 돌아갈 수 있도록 Jack 파도를 쳐다오.
Safe and sound at home again, let the waters roar, Jack.
다시 안전하고 건강하게 고향으로 돌아갈 수 있도록 Jack, 파도를 쳐다오.
후렴 : Long We've tossed on the rolling main, now

---

detailpage(2013. 9. 30.)
23) https://zinginstruments.com/sea-shanty-songs/(2022. 12. 27.)

we're safe ashore, Jack.

우리들은 오랫 동안 옆질하는 주갑판에서 뒤척였고, 지금
은 안전한 육지에 있네. 잭.

Don't forget your old shipmate, faldee raldee raldee
raldee rye-eye-doe

너의 옛 배동무를 잊지 말게.

(2절)

Since we sailed from Plymouth Sound, four years
gone, or nigh, Jack

플리머스 정박지를 출항한 지 벌써 4년 가까이 지났네. 잭.

Was there ever chummies, now, such as you and I,
Jack?

이제, 너와 나 같이 그렇게 다정한 사이가 있던가? 잭.

(3절)

We have worked the self-same gun, quarterdeck
division.

우리는 선미갑판의 같은 포에서 함께 근무했지.

Sponger I and loader you through the whole
commission.

나는 포 기름치개로, 너는 포탄 장착병으로.

(4절)

Oftentimes have we laid out, toil nor danger fearing.

우리는 이따금, 힘들거나 죽음도 두려워하지 않고,

Tugging out the flapping sail, to the weather earring.

펄럭이는 돛을 바람 불어오는 쪽으로 팽팽하게 펴기도 했지.

(5절)

When the middle watch was on, and the time went slow, boy.

반-당직을 설 때는 시간이 느리게 흐르지.

Who could choose a rousing stave, who like Jack or Joe, Boy?

누가 튀어 나온 말뚝을 선택하겠는가? 누가 잭이나 조를 좋아하겠는가?

(6절)

There she swings, and empty hulk, not a soul below now.

지금 갑판 아래에는 아무도 없는 빈 배가 선회를 하고 있네.

Number seven starboard mess, misses Jack and Joe
now.
우현 7번 식당의 수병들은 이제 잭과 조를 그리워하네.

(7절)
But the best of friends must part, fair or foul the
weather.
그렇지만 나의 가장 친한 친구는 좋은 날이건 나쁜 날이건
언젠가는 헤어지지.
Hand your flipped for a shake, now a drink together.
악수를 나누고, 이제 함께 한잔 하세.

  뱃노래는 선창자가 먼저 노래를 하고, 선원들이 그에 맞추어
따라 부르며 노동의 힘겨움을 달래주는 역할을 했다. 따라서
가사가 일정하게 정해져 있지 않고 선창자가 창의적으로 그때
그때 상황에 따라 바꿔가며 부를 수 있었다. 뱃노래는 비단 노
동할 때만 부른 것이 아니라, 하루 일과를 끝내고 여가 시간에
선원 중에 노래를 잘 하는 사람이 즉흥적으로 가사를 지어내
선창을 하고, 나머지 선원들이 따라 부르기도 했다. 뱃노래는
한 마디로 선원들의 힘겨운 노동을 덜어주고, 항해의 고단함을
달래주는 청량제였다고 하겠다.

'Rule, Britannia!'는 범선시대 영국 해군에서 불려지기 시작했지만, 영국 육군에서도 사용되는 장엄한 군가풍의 노래다. 이 곡은 1740년 James Thomson이 쓴 시에 Thomas Arne가 곡을 붙인 곳으로 곡명 그대로 '브리태니아여! 지배하라'는 것이다. 브리태니아는 Britain의 여성상으로 영국이라는 국가를 여성화해 호칭한 것이다. 이미지로는 투구를 쓰고 방패와 삼지창을 들고 앉아 있는 모습으로 형상화되고 있다. 빅토리아 여왕 시대에 이르러 영 제국이 최대의 식민제국을 건설하게 되자 'Britannia, rule the waves'라는 노랫말은 쉼표 없이 'Britannia rule the waves'로 변용되었다. 또한 후렴구 마지막 소절의 Britons never will be slaves에서 'will'이 'shall'로 바뀌어 불려지기도 했다. will을 쓰느냐 shall을 쓰느냐에 따라 그 의미는 크게 달라지는데, will을 쓰게 되면 주어의 의지가 반영되어 '영국인은 스스로 노예가 되지 않는다'는 의미가 되지만, shall을 쓰게 되면 말하는 사람이 '영국인을 결코 노예로 만들 수 없다'는 의미가 된다.[24]

---

24) https://en.wikipedia.org/wiki/Rule,_Britannia!(2023. 1. 15).

Rule, Britannia!

(1절) When Britain first, at Heaven's command
       Arose from out the azure main;
       This was the charter of the land,
       And guardian angels sang this strain:

(후렴) "Rule, Britannia! rule the waves:
       "Britons never will be slaves."
       태초에 영국은 하늘의 명으로
       하늘빛 주돛으로부터 생겨났을 때
       이것이 이 땅의 헌장이었네
       수호천사들이 이 노래를 불렀네.

(후렴) '지배하라, 브리태니아여!' '지배하라 바다를'
       '영국인들은 결코 노예가 되지 않을 거라네'

(2절) The nations, not so blest as thee,
       Must, in their turns, to tyrants fall;
       While thou shalt flourish great and free,
       The dread and envy of them all.
       당신네 만큼 축복받지 못한 민족들이여

이제는 폭군들을 쓰러트려야만 하네
당신들이 위대하고 자유롭게 번영하는 동안
그들 모두의 두려움과 시기심

(3절) Still more majestic shalt thou rise,
       More dreadful, from each foreign stroke;
       As the loud blast that tears the skies,
       Serves but to root thy native oak.
       너는 훨씬 더 장엄하게 일어나리라
       각각의 이민족의 공격으로부터 훨씬 더 무섭게.
       하늘을 찢는 요란한 폭발처럼
       토종 참나무가 뿌리내리는 데만 헌신하라

(4절) Thee haughty tyrants ne'er shall tame:
       All their attempts to bend thee down,
       Will but arouse thy generous flame;
       But work their woe, and thy renown.
       너의 거만한 폭군은 결코 길들여지지 않는다.
       너를 굴복시키려는 그들의 모든 시도는
       결코 너의 너그러운 불꽃을 일으켜
       그들에게 불행을, 너에게 명성을 가져다 줄뿐이네

(5절) To thee belongs the rural reign;
       Thy cities shall with commerce shine:
       All thine shall be the subject main,
       And every shore it circles thine.
       전원의 통치는 너에게 속하고
       너의 도시는 무역으로 빛나네
       너의 모든 것이 주된 주제가 될 것이고,
       모든 해안에서 당신의 주위를 감싸네

(6절) The Muses, still with freedom found,
       Shall to thy happy coast repair;
       Blest Isle! With matchless beauty crown'd,
       And manly hearts to guard the fair.
       여전히 자유로이 발견되는 뮤즈들은
       너의 평온한 해안을 손볼 것이네.
       축복의 섬! 비길 데 없이 아름다운 왕국이자
       공정함을 지키는 사내 다운 심장이네.

 뱃사람의 노래는 단순히 지나간 과거의 노래가 아닌 영국인을 필두로 한 유럽인들에게는 전승민요이자 대중가요로서 오늘날까지 새롭게 만들어지고 불려지고 있다. 그 대표곡이

'Seaman's Hymn'이다. 이 곡은 영국의 전승민요 가수인 Albert Lancaster Lloyd(1908-1982)가 BBC 라디오의 '트라팔가르의 날' 방송을 위해 작곡한 곡으로 1973년 John Roberts와 Tony Barrand가 발표한 앨범 'Across the Western Ocean'에 수록되었다. 이 앨범의 곡 해설지에는 다음과 같이 설명되어 있다. "영국 뱃사람들과, 영국 대중들은 트라팔가르에서 호레이쇼 넬슨 자작의 죽음에 큰 상실감을 느꼈다. 그는 프롤레타리아계급뿐만 아니라 귀족계급에게도 존경을 받았다. 그의 죽음 이후 갑작스런 그의 죽음을 애도하는 '1페니짜리 찌라시'는 '베스트셀러'가 되었다.[25]

> Come all you bold seamen, wherever you're bound
> And always let Nelson's proud memory go round
> And pray that the wars and the tumult may cease
> For the greatest of gifts is a sweet, lasting peace
> May the Lord put an end to these cruel old wars
> And bring peace and contentment to all our brave tars[26]
> 용맹한 선원들이여 모두 오라, 어디로든 가거라.
> 언제나 넬슨의 자랑스러운 기억을 퍼지게 하라

---

25) https://mainlynorfolk.info/lloyd/songs/theseamenshymn.html(2023. 1. 15).
26) tar는 방수재인 '역청'을 뜻하지만, 역청을 배에 바르는 '선원'을 뜻하기도 한다.

전쟁과 소요가 끝나기를 기도하라.
달콤하고 영원한 평화만이 가장 큰 선물이려니.
주님, 이 잔인한 전쟁을 끝장내주시고,
우리의 모든 용감한 선원들에게 평화와 만족을 주시기를

2 고전음악

2.1. '바다' 노래

19세기 영국 낭만파 시인 바이런은 '대양'에서 '파도의 포효 속에 음악이 있다'고 읊었듯이, 바다를 소재로 한 음악은 무척이나 많다. 어릴 적 불렀던 동요 중에는 바다를 아름답고 서정적으로 노래한 곡들이 많았다.

(1절)
'해당화가 곱게 핀 바닷가에서 / 나 혼자 걷노라면 수평선 멀리 / 갈매기 한두쌍이 가물거리네 / 물결마저 잔잔한 바닷가에서'
(2절)
'저녁 놀 물드는 바닷가에서 / 조개를 잡노라면 수평선 멀리 / 파란 바닷물은 꽃무늬지네 / 모래마저 금같은 바닷가에서'

장수철 작시, 이계석 작곡인 '바닷가에서'는 우리나라 사람들의 바다에 대한 일반적 정서를 가장 대표적으로 표현한 작품이다. 하지만 바다 속이 아닌 바닷가에서 거니는 소박한 아름다움을 표현한 데 머물고 있다. 이 보다는 '바다'라는 동요가 훨씬 더 바다에 다가서 있다. 문병호 작시, 권길상 작곡인 '바다'는 아침에 풍어를 기대하며 출항하고, 저녁에 만선으로 귀항하는 어부의 희망에 찬 모습을 그리고 있다.

　　(1절)
　　'아침바다 갈매기는 금빛을 싣고 / 고기잡이 배들은 노래를 싣고 / 희망에 찬 아침바다 노 저어가요'
　　(2절)
　　'저녁바다 갈매기는 행복을 싣고 / 고기잡이 배들은 행복을 싣고 / 넓고 넓은 바다를 노 저어가요 / 넓고 넓은 바다를 노 저어가요'

　　이 두 동요는 '바다'를 대하는 두 가지 상반된 태도를 가장 극명하게 대조적으로 보여주고 있는 노래들이다. '장수철 작시의 바닷가에서'는 바닷가 모래밭을 거닐며 바라다보는 바다를 그리고 있고, 문병호 작시의 '바다'는 만선의 희망과 행복을 실고 출어하고 귀항하는 모습을 노래하고 있다. 두 노래의 시점은 모두 바다 밖에서 바라보는 바다를 그리고 있지만, '바닷가에서'는 배와 항해에 무관심하지만, '바다'는 고기잡이 배의 희망에 찬 항해를 응시하고 있다는 점에서 큰 차이가 있다. 물론 '바다' 역시 화자가 직접 배를 타거나, 바다 속으로 뛰어들지 못하고 관찰지에 머물러 있다는 한계는 있다. 하지만 '바다'의 화자는 '고기잡이 배의 풍어를 바라는 희망과 행복'을 노래하고 있다는 점에서 여타 바다를 소재로 한 노래들과는 다르다. 이는 가곡 '떠나가는 배'와 비교해 보면 더욱 두드러진다.

'저 푸른 물결 외치는 / 거센 바다로 떠나는 배 / 내 영원히 잊지 못할 / 임 실은 저 배는 야속하리 / 날 바닷가에 홀 남겨두고 / 기어이 가고야 마느냐 /

터져 나오라 애슬픔 / 물결 위로 한 된 바다 / 아담한 꿈이 푸른 물에 / 애끓이 사라져 나 홀로 / 외로운 등대와 더불어 / 수심 뜬 바다를 지키련다 /

저 수평선을 향하여 / 떠나가는 배 오! 설운 이별 / 임 보내는 바닷가를 / 넋 없이 거닐면 미친 듯이 / 울부짖는 고동소리 / 임이여 가고야 마느냐 /

이 노래의 화자는 '임 싣고 떠나는 배'를 육지에서 바라보고 있다. 따라서 화자에게 배는 야속하고, 바다는 거칠고 한스럽다. 이 노래를 해양음악으로 분류할 수 없는 것은 분명하지만, 바다와 배에 대한 우리나라 사람들의 일반적인 정서를 대표하는 곡임에는 틀림없다.

사공의 노래 역시 배와 선원(사공)에 대해 긍정적이고 희망적이고 밝은 이미지를 주는 곡이다. 사공의 노래는 홍난파가 드보르작의 첼로협주곡 b단조의 제1악장의 주제를 빌려 1932년에 작곡한 것이다.[27] 이 곡의 작사가에 대해서는 함호영, 함효영, 함호용, 함오용 등 다르게 표기되어 있기도 하다. 보통은 강릉에서 태어난 함호영(1868-1954)이라는 설이 다수여서 2001년 강릉에 그의 차남 함태헌이 노래비 제작 소요경비를 지원해 경포호 삼일운동 기념탑 주차장에 노래비가 세워지기도 했다. 그런데 이 노래비 앞면에는 작사가가 함호영으로, 뒷면 설명문에는 함효영으로 각각 다르게 표기되어 있다.[28] 함효영은 한학을 공부하다 1905년 몽고리아호를 타고 하와이로 이민을 가 사탕수수 농장에서 일했다. 그는 1909년 대한인국민회에 가입, 애

---

27) 한국민족문화대백과, at http://encykorea.aks.ac.kr/
28) 이에 대해 시민들의 제보가 있자 강릉시에서는 2021년 8월 4일, '뒷면의 함효영이 오류로 조만간 바로 잡겠다는 답변을 달았다.' 강릉시 홈페이지(gn.go.kr), 시민참여-시정모니터단, 2021. 8. 4.

국공채를 여러 차례 매입하기도 했다. 2013년 5월 그가 남긴 농장일지, 편지, 각종 증서 등이 발견되어 세상에 알려지게 되었다. 함호영은 하와이 마우이 섬 부네네 지방 총회장을 지내기도 했으며, 3대 부통령을 지낸 함태영과는 6촌 간이다.[29] 그러나 함호영이 사공의 노래를 지었다는 증거자료는 발견되지 않았다.

조선일보 1930. 2. 19, 4면

그러던 차에 2021년 2월 '사공의 노래' 원시가 조선일보 1930년 2월 19일자 4면에 게재된 것이 확인되었다. 여기에 지은이는 咸孝英으로 되어 있고, 우리가 통상 알고 있는 2연이 아니라 3연으로 되어 있다. 이 시를 게재한 함효영(1905-1988)은 황해도 황주 태생으로, 1928년 고향에서 신간회 황주지회와 황

---

29) 왕성상, 사공의 노래,『해양한국』, 2016. 5, pp.150-151.

주기자연맹 설립에 참여하였다. 그는 1930년 대보름날인 2월 8일 종로에서 열린 경성여자미술학교 후원회 창립총회에 서기로 참석하기도 했다. 그리고 2월 8일부터 2월 19일까지 시 4편을 신문에 발표했다. 2월 8일 '가두에서'. 14일 '아츰', 15일 '그리운 님께', 19일 사공의 노래를 중외일보와 조선일보에 게재했다.[30]

함효영은 식민기에는 주로 문학활동에 집중하였다. 1934년 재일본동경 한인문인들이 조선문인사를 창립하고 월간문예지 〈조선문인〉을 발간하기로 하였는데, 이때 마해송, 유치진 등과 함께 소속문인으로 참여하였다. 또한 1933년부터 1936년 사이에는 조선중앙일보에 시, 소설, 콩뜨 등을 여러 편 발표하였고, 1936년에는 서울에서 〈동양실업〉이란 잡지를 발행하기도 했다. 〈동양실업〉은 1권 제6호에 실린 '설중매와 홍철의 사랑을 담은 장한의 월미도'라는 작품이 온건치 못하다는 이유로 일부 장면이 삭제조치를 당하고 출판불허를 당하기도 했다. 그리고 해방 후에는 인천에 자리잡고 1948년 제헌국회의원 선거와 1954년 3대 국회의원 선거에 출마하기도 했으나 낙선하였다. 1949년에는 민립대학 설립 기성회의 선전국장을 맡기도 했다.[31]

30) 박미현, 경포호숫가 노래비 '사공의 노래', 가사 원본 시 확인, 강원도민일보, 2021. 2. 26, 23면.

31) 김윤식, 알려지지 않은 또 한 명의 문인 함효영, 〈기호일보〉, 2007. 7. 29.

사공의 노래

함효영 작시, 홍난파 작곡

(1절) 두둥실 두리둥실 배 떠나간다.
　　　물 맑은 봄바다에 배 떠나간다.
　　　이 배는 달맞으러 강릉가는 배
　　　어기야 디여라차 노를 저어라

(2절) 순풍에 돛 달고서 어서 떠나자
　　　서산에 해 지면은 달떠 온단다
　　　두둥실 두리둥실 배 떠 나가네
　　　물 맑은 봄바다에 배 떠나간다.

(3절) 흰돛대 까뭇까뭇 떠가는 배는
　　　이 동네 머슴들의 노리배라네
　　　해마다 正月보름 달구경하러
　　　鏡浦臺 차저가는 노리배라네

　양중해 작시의 '떠나가는 배'는 1952년 6.25 전쟁 중 제주도
로 피난 왔던 육지 사람들이 배를 타고 다시 육지로 떠나가는
모습을 바라보면서 지은 이별의 노래다. 따라서 여기에서 바다

와 배를 희망적으로 바라볼 수는 없었을 것이다. 이 노래는 교과서에도 실릴 정도로 국민적 애창가곡이 되었는데, 이는 바다와 배가 이별, 슬픔, 삶의 애환으로 받아들여질 수밖에 없었던 역사적 경험을 반증한다.

변훈이 작곡한 노래 가운데, 양명문 작시 '명태'는 '떠나가는 배'에 비하면 훨씬 더 친해양적이다. 화자가 바다 속을 헤엄쳐 다니는 '바다의 주인' 명태이기 때문이다.

'검푸른 바다, 바다 밑에서 / 줄지어 떼지어 찬물을 호흡하고 / 길이나 대구리가 클 대로 컸을 때 / 내 사랑하는 짝들과 노상 / 꼬리치고 춤추며 밀려 다니다가 / 어떤 어진 어부의 그물에 걸리어 / 살기 좋다는 원산 구경이나 한 후 / 이집트의 왕처럼 미이라가 됐을 때 / 어떤 외롭고 가난한 시인이 / 밤 늦게 시를 쓰다가 쐬주를 마실 때 / 그의 시가 되어도 좋다 / 그의 안주가 되어도 좋다 / 짜악 짝 찢어지어 내 몸은 없어질지라도 / 내 이름만은 남아 있으리라 / '명태, 명태'라고 이 세상에 남아 있으리라 /

'명태'는 동란 중 종군작가로 활동했던 양명문이 당시 미8군 통역관으로 근무 중이던 변훈에게 부탁해 작곡한 곡이다. 양명문은 평양 출신이었고, 변훈은 원산 출신이었으니 실향민으로서 망향에 대한 각별한 동질감이 공유했을 것이다. 게다가 당시 낙동강 전투 중이었던 까닭에 전쟁터로 변한 한반도와 고향을 잃어버린 자신들의 처지가 마치 '북북 찢어지는 명태'나 다름없는 것으로 느꼈을 법하다. '명태'는 1952년 '떠나가는 배'와 함께 부산에서 초연되었다가 도입부의 읊조리는 듯한 창법 탓에 한 평론가로부터 '명태는 가곡도 아니다'는 혹평을 들었다고 한다. 이에 충격을 받은 변훈은 작곡해 놓은 작품들을 찢어버리고, 외교관으로 전업하기도 했다. 그러나 1964년 서울대학교에서 열린 음악회에서 바리톤 오현명이 다시 불러 엄청난 반향을 일으켰고, 이후 한국가곡 중의 명곡의 반열에 오르게 되었다.[32]

외국의 노래 가운데는 단연 '산타 루치아'가 으뜸이다. 나폴리 민요로 알려진 이 노래는 사실 작곡자 코트로우(T. Cottrou, 1827-1879)가 작곡한 노래로 여름밤 잔잔한 바다 위에 배를 띄우고 사랑하는 이에게 '함께 배를 저어 떠나자'고 권하는 내용이다. 산타 루치아에서 산타는 성인을 뜻하고 루치아는 나폴리 사람들이 숭배하는 여자 성인의 이름이다. 나폴리 출신의 불후의 테너 엔리코 카루소(Enrico Caruso, 1873-1921)가 부른 '산타 루치아'가 특히 감동적이다.

---

32) 이상임, '감칠맛 나는 그 명태 제대로 들어보자,' 부산일보, 2010. 8. 25.

창공에 빛난 별 물 위에 어리어 바람은 고요히 불어오누나.
내 배는 살같이 바다를 지난다. 산타 루치아, 산타 루치아.
Sul mare luccica / L'astro d'argento / Placida e' l'onda /
Prospero e' il vento
Venite all'agile / Barchetta mia / Santa Lucia / Santa
Lucia...

1.2. 연주곡

1) 〈고요한 바다와 즐거운 항해〉

바다와 항해를 테마로 한 성악곡 가
운데는 〈고요한 바다와 즐거운 항해〉
가 널리 알려져 있다. 이 곡은 괴테가
쓴 짧은 시 〈고요한 바다〉(Meersstille)와
〈즐거운 항해〉(glücklich Fahrt)에 곡을 붙
인 것으로 베토벤과 슈베르트, 멘델스
존이 각각 작곡하였다. 베토벤이 작곡

ko.wikipeadia.org

한 곡은 오케스트라와 합창을 위한 칸타타로 1815년 초연하고
1822년에야 출판되었다. 베토벤의 〈고요한 바다와 즐거운 항
해〉는 앞 부분에서는 바람이 불지 않아 고요한 바다 위에 정선
해 있는 듯한 배를 묘사하였고, 뒷 부분에서는 바람이 일어 안
개가 걷히고 하늘이 밝아오면서 배가 바다 위를 미끄러져 항해

하는 것을 묘사하였다.[33]

1815년에 슈베르트(Franz Peter Schubert, 1797-1828)도 괴테의 시 〈고요한 바다〉와 〈즐거운 항해〉에 곡을 붙인 바 있다. 불과 18살에 불과했던 슈베르트는 괴테의 시를 흠모하여 그의 가곡 1번 〈마왕〉을 포함하여 16편을 작곡하여 괴테에게 보냈다고 한다. 하지만 당대 최고의 문학자이자 저명인이었던 괴테에게 불과 18살 무명 소년의 작곡집은 별 의미가 없었을 것이다. 그렇게 잊혀졌던 슈베르트의 가곡집은 1830년 81세가 된 괴테가 유명 가수가 부르는 〈마왕〉을 듣고서야 그 작곡자가 슈베르트임을 알게 되었다고 한다. 그러나 자신을 그토록 존경하여 평생 40여편의 괴테의 시에 곡을 붙인 슈베르트는 이미 이 세상 사람이 아니었다. 이에 반해 부유한 은행가의 아들인 덕에 괴테와 친분을 맺을 수 있었던 멘델스존의 〈고요한 바다와 즐거운 항해〉를 보내자 괴테는 무척 반겼다고 한다.[34]

---

33) http://en.wikipedia.org/wiki/Meeresstille_und_gl%C3%BCckliche_Fahrt_ (Beethoven), 2013. 10. 15.
34) 이근정, 「청춘의 돛을 올려 바다를 건너노라」, 『바다』 34호, 2010, 여름, pp.123-129.

Meeresstille

Tiefe Stille herrscht im Wasser,

Ohne Regung ruht das Meer,

Und bekümmert sieht der Schiffer

Glatte Fläche ringsumher.

Keine Luft von keiner Seite!

Todesstille fürchterlich!

In der ungeheuern Weite

Reget keine Welle sich.

glücklich Fahrt

Die Nebel zerreißen,

Der Himmel ist helle,

Und Äolus löset

Das ängstliche Band.

Es säuseln die Winde,

Es rührt sich der Schiffer.

Geschwinde! Geschwinde!

Es teilt sich die Welle,

Es naht sich die Ferne;

Schon seh ich das Land

세 곡의 〈고요한 바다와 즐거운 항해〉 중에 가장 널리 알려진 성악곡은 펠릭스 멘델스존(Jakob Ludwig Felix Mendellssohn-Bartholdy, 1809-1847)의 곡이다. 이 곡은 멘델스존이 스무 살 때인 1828년 작곡한 가곡이자 서곡이기도 하다. 전체 10여분 정도의 비교적 짧은

ko.wikipedia.org

관현악 소품으로 4분의 4박자의 느린 안단테로 시작한다. 이는 마치 괴테의 시 〈고요한 바다〉의 도입부처럼 정적 속에서 고요한 바다를 형상화한 듯하다. 이어 관악과 현악이 잔잔하게 연주를 진행하면서 잔잔한 물결이 일어나는 것을 느끼게 한다. 전곡의 1/3 시점에 이르면 '아이올로스가 바람을 일으키기 시작'했음을 알리듯 청아한 플루트 연주가 이어진다. 다시 전곡의 1/2 시점에서 바람이 일기 시작한 바다에서 돛단배가 항해를 시작한다. 라장조, 2분의 2박자의 몰토 알레그로 비바체의 격한 빠르기의 관현악이 돛대에 순풍을 단 배가 파도를 헤치고 뭍을 향해 항해하는 듯하다. 괴테의 시 자체가 바다 안, 즉 배에 타고 있는 시인의 관점에서 쓰여져 있는 만큼, 멘델스존의 곡 역시 '고요한 바다에서 바람이 불어 뭍으로 귀향하는 선원들의 즐거운 항해'를 느낄 수 있다.

고요한 바다

물 속에는 깊은 정적이 흐르고
바다는 미동도 하지 않는다.
사공은 근심에 젖는데
둘레에는 온통 잔잔한 물결 뿐
어느 곳에도 바람 한 점 불지 않는구나.
죽음 같은 정적이 섬뜩하다.
머나먼 저 광막한 대양에서도
파도 한 점 일지 않는다.

즐거운 항해

안개가 걷히자
하늘이 밝아오고,
아이올로스가
근심의 끈을 풀어내린다.
바람이 살랑거리자
선원들이 움직이기 시작한다.
서두르자! 서둘러!
파도가 갈라지고
먼 곳이 금세 가까워온다.
벌써 뭍이 보인다.

2) 쇼팽의 〈에튀드 25-12 C 단조, 바다〉

피아노 곡으로는 쇼팽(Frederick Chopin, 1810-1849)의 〈에튀드 25-12 C 단조〉를 들어보자. 에튀드는 연주기법을 연마하기 위한 곡을 말하는 데 현재는 미적으로도 수준이 높고 기교를 터득하는 데도 좋은 그 자체로 완전한 악곡을 의미하게 되었다. 채 3분이 되지 않는 쇼

ko.wikipedia.org

팽의 에튀드 25-12는 보통 '바다'라는 표제로 알려져 있는데, 이는 쇼팽 자신이 붙인 것이 아니라 후대에 붙여진 것이다. 왜 후대인들은 이 연습곡에 '바다'라는 표제를 붙였을까? 연주자들의 연습을 위한 곡으로 만들어진 만큼 이 곳은 건반의 왼쪽부터 오른쪽까지 몇 옥타브를 오르내리는 음률로 구성되었다. 특히 이곡은 아르페지오 주법을 활용한 곡이다. 아르페지오란 화음을 이루는 음을 한꺼번에 소리 내지 않고 아래에서 위로, 위에서 아래로, 또는 오르내리는 방식으로 연주하는 주법을 말한다. 이 곡의 전체적인 흐름을 들으면 이 곡이 상승과 하강을 오가면서 시각적으로는 마치 파도가 밀려올라가는 듯하다. 바다를 맹렬히 달려와 한걸음에 숫구치는 물결, 그러나 높은 파도는 중력을 이기지 못하고 내려앉고 만다. 이 곡은 구르고 달리고 도약하다 어지럼증 속에서 숨을 고르는 팽팽한 시도, 젊음

쇼팽 하우스(바르샤바)

의 선율로 이루어져 있다. 그러면서도 자만이 아니라 예측하고 예비하는 부드러움을 느낄 수 있다. 어느 음악평론가는 가을 바다의 느낌이 난다고 평하였다. 쇼팽은 오페라를 작곡하지도 않았고, 음악이론 면에서 학구적 업적을 남긴 것도 아니었다. 그럼에도 그는 인간 내면의 은밀한 지점을 통찰하여 피아노로 창조할 수 있는 신비로운 음악을 만들어냈다.[35] 그가 '피아노의 시인'이라고 불리는 데는 다 그만한 까닭이 있다.

---

35) 이근정, 「피아노 가을 바다를 만지다」, 『바다』, 31호, 2009, pp.94-101.

3) 바그너의 오페라 〈떠도는 네덜란드인〉

오페라 가운데는 바그너(Richard
Wagner, 1813-1883)의 〈떠도는 네덜란드인〉
(Der Fliegende Holländer)을 대표적인 해양
음악 가운데 하나로 꼽을 수 있다. 비
그너가 전성기인 28세(1841년)에 작곡
한 〈떠도는 네덜란드인〉은 1843년 드
레스덴에서 초연되었다. 전체 3막으로

ko.wikipedia.org

이루어진 〈떠도는 네덜란드인〉은 독일 시인 하이네의 발라드
에 바탕을 두고 있다. 하이네의 소설 가운데 다음과 같은 이야
기가 있다. "폭풍우에 떠밀린 배 한 척(반 더 데켄 선장의 유령선)이 해
변으로 가까이 다가가는데, 데켄 선장은 사나운 폭풍우를 무릅
쓰고 희망봉을 우회하려다 실패하자 비록 영겁의 바다 위를 방
황하는 한이 있더라도 결코 그 희망을 버리지는 않겠다고 맹
세하는 바람에 사탄의 저주를 받게 된다. 그리하여 이 네덜란
드인 선장은 배에 유령의 선원을 태우고 영원히 어려운 항해를
계속해야만 하게 되었다. 바그너는 이 이야기에 자신이 런던까
지의 항해 도중 폭풍우를 만나 고생했던 체험과 상상력을 덧붙
여 〈떠도는 네덜란드인〉을 만들게 되었다. 즉 바그너는 하이
네의 소설에 "7대양을 영원히 떠돌게 될 운명인 네덜란드인 선
장은 자신을 진실로 사랑하는 연인을 만나게 되면 그 저주가

풀린다"는 이야기를 덧붙임으로써 새로운 것을 창작하게 된 것이다. 이 오페라는 7년 동안 7대양을 떠돈 네덜란드 선장이 해안에 상륙하는 장면부터 시작한다.

서막 : 전체 이야기를 암시하는 강렬하고 극적인 곡으로 d단조의 자유로운 소나타 형식을 취하고 있다. 바다에서 폭풍우가 치고, 네덜란드인 선장이 영원한 저주를 받게 되는 동기와 젠타(Senta)가 속죄하는 고별의 멜로디가 연주된다.

제1막 : 폭풍우에 떠밀린 달란트(Dalland) 선장의 배가 그의 집에 가까운 노르웨이 해안에 닿는다. 잠시 뒤 방황하는 네덜란드인이 해안으로 다가와 '생사를 같이 할 연인이 있어야 구원받을 수 있는 자신의 처지'를 노래한다. 네덜란드인은 달란트 선장에게 '금은보화를 건네며 하루 밤을 묵어가게 해 달라'고 요청하면서, 만약 딸이 있다면 자신을 구원해 줄 부인으로 삼게 해달라고 부탁한다. 이 요청을 수락한 달란트 선장과 네덜란드인은 함께 달란트 선장의 고향을 향해 항해한다.

제2막 : 달란트의 집에서는 아름다운 딸 젠타와 여인네들이 길쌈을 하고 있다. 젠타는 사냥꾼인 에릭과 약혼한 사이였는데, 에릭이 '기묘한 배가 나타나 달란트 선장과 초상화 속의 네덜란드인이 함께 나타나자 젠타가 네덜란드인의 발밑에 꿇어 앉아 키스를 하더라'는 꿈 이야기를 한다. 방황하는 네덜란드인의 이야기에 연민과 동정을 갖고 있던 젠타는 이 이야기를 듣고 한편으로는 놀라면서도 기뻐한다. 에릭의 말처럼, 네덜란드인이 함께 집으로 돌아온 달란트 신장은 딸 젠타에게 네덜란드인을 소개한다. 네덜란드인은 젠타에게 청혼을 하고, 젠타도 이를 수락한다. 이날 밤 배가 귀항한 날에는 성대한 잔치를 여는 노르웨이의 관습에 따라 잔치를 열게 되었는데, 달란트 선장은 젠타와 네덜란드인과의 결혼식을 함께 치르자고 제안하여 마을잔치가 벌어진다. 그러나 아직 젠타에게 미련을 버리지 못한 에릭이 젠타를 설득하고 젠타는 자신을 단념하라고 얘기한다. 하지막 이 둘의 대화를 듣고 있던 네덜란드인은 젠타가 자신과 에릭 사이에서 방황하는 것으로 알고, 젠타가 죽을 때까지 자신을 사랑하여 자신을 저주에서 풀어줄 사람이 아니라고 생각하여 자신의 배로 귀선해 버린다. 그러자 젠타는 에릭의 만류를 뿌리치고 네덜란드인을 따라 그의 배에 올라 '죽을 때까지 진심으로 사랑하겠다'고 고백한다. 그러자 네덜란드인이 탄 배는 선원과 함께 바다 속으로 가라 앉아 버리고, 젠타와 네덜란드인은 하늘로 올라간다.[36]

<hr>

36)『현대인을 위한 최신 명곡해설』, 세광음악출판사, 1987, pp.235-237.

〈떠도는 네덜란드인〉 제1막
자료 : 루츠 붕크, 『역사와 배』, 해냄, 2006, p.108

　전체적으로 2시간이 넘게 공연되는 〈떠도는 네덜란드인〉
는 배와 항해, 그리고 저주와 사랑을 통한 구원을 모티브로 하
여 단순한 이야기 속에서 지루할 틈이 없이 역동적인 오페라로
서 큰 사랑을 받고 있다. 〈떠도는 네덜란드인〉이 하나의 이야
기로 소설화 한 사람은 하이네였지만, 사실은 이미 17세기부터
이와 유사한 이야기가 전해져오고 있었다. 1629년 네덜란드 동
인도 선 바타비아 호의 참극이 발생했다. 인도네시아의 자카르
타로 향하던 바타이아 호는 선위를 잘못 추산하여 오늘날 오스
드레일리아 시부의 산호초에 좌초하였고, 그 뒤 코르넬리스 예
로니무스의 이단적 신념과 식량을 아낀다는 명분에 따라 124
명이 참혹하게 살해되었다.[37]

37) 마이크 대쉬, 김성준 · 김주식 옮김,『미친 항해』, 혜안, 2011.

이 사건이 있고 난 뒤 반세기만에 세계의 바다 곳곳에서는 기이한 이야기가 떠돌기시작했는데, 그것은 '떠도는 네덜란드인'으로 상징되는 유령선에 관한 것이었다.' 1689년 12월에 네덜란드의 식민지가 된 케이프타운 상공에서 불길한 혜성이 나타났고, 12월 23일에는 머리가 둘 달린 송아지가 이곳에서 태어났다. 이듬해인 1690년 1월 28일에는 테푸이(Tepui, 탁상산지)만에 정박해 있던 노르트(Nord) 호가 사라졌다. 5월 초에 알베르트 포케르스 선장이 스노페르 호를 타고 이 만으로 입항했다. 알베르트 포케르스 선장은 암스테르담에서 바타비아까지 90일만에 항해한 바렌트 포케르스선장의 아들이었다. 최단 항해기록을 세울 당시 아버지 포케르스 선장이 탔던 배도 스노페르 호였다. 1690년 5 월 초 테푸이만에 또다른 배가 입항했는데 먼저 입항한 알베르트 포케르스 선장은 이 배가 일행인 페르굴데 플라밍 호라고 생각했다. 그런데 페르굴데 플라밍 호가 온 데 간 데 없어지고 말았다. 이런 이야기들이 한 데 뒤섞였다. 페르굴데 플라밍(Verdegulde Vlamingh) 호가 플리겐데 플라밍(Vligende Vlamigh) 호로 바뀌었고, 영국 선원들은 이를 영어식으로 'flying Dutchman'으로 불렀다. '떠도는 네덜란드인'이 확실한 근거를 얻게 된 데에는 18세기와 19세기 문학작품을 통해서였다. 1798년 영국의 문학자 콜리지와 1813년 월터 스콧이 네덜란드 유령선에 관한 이야기를 출간하였고, 1821년에는 에든버러의

한 잡지에는 유령선 선장의 이름이 반 더 데켄(van der Decken)으로 소개되었다. 유령선의 활동 무대는 1822년 워싱턴 어빙의 〈폭풍의 배〉에서는 허드슨 강으로 삼았고, 1826년 빌헬름 하우프의 〈유령선 이야기〉에서는 인도양이 되었다. '떠도는 네덜란드인'은 한편에서는 바다를 유랑하는 선원들의 삶을 상징하기도 하고, 다른 한편에서는 바다에서 발생하는 초자연적 현상을 유령선이라는 이미지로 형상화한 것이기도 하다.[38]

4) 코르사코프의 〈세헤라자데〉

김연아가 피겨스케이팅 배경 음악으로 선정한 곡으로도 널리 알려진 '세헤라자데' 역시 배와 신바드의 항해를 테마로 시작된다는 점에서 바다를 소재로 한 음악이라고 할 수 있다. 러시아

림스키 코르사코프(ko.wikidepia.org)

의 림스키 코르사코프(1844-1908)가 1888년 발표한 작품으로 흔히 '천일야화'로 알려진 이야기를 소재로 한 곡이다. 고대 페르시아의 샤흐라야르 왕은 아내에게 배신당한 쓰라진 경험 때문에 첫날밤을 치르고 나면 신부를 죽이는 일을 반복한다. 결국

---

38) 김성준, 「바타비아 호의 참극과 유령선 플라잉 더취맨」, 한국해양산업협회, SEA, 2011. 10, pp.62-63.

63

온 나라에 처녀가 한 사람도 남지 않게 되자 신하의 딸인 샤흐라자드를 아내로 맞게 되는데, 현명했던 샤흐라자드는 천 하룻동안 왕에게 재미있는 이야기를 들려주어 죽음도 면하고 나라도 평화를 되찾는다는 이야기다. 이 천일야화에는 알라딘과 요술램프, 알리바아와 40인의 도둑, 신바드의 모험 등이 수록되어 있다.

림스키 코르사코프는 당시 러시아에서 교육용으로 많이 읽히던 『천일야화』에서 착상하여 '세헤라자데'를 작곡하였다. 그는 이 곡을 쓸 즈음 악기편성법에서 바그너의 영향을 벗어나 기교에 뛰어난 빛나는 음향을 갖게 되었다고 밝혔다. '세헤라자데'의 도입부는 계속되는 두 개의 주제로 나타난다. 술탄의 모티브는 힘차고 험악하며, 세헤라자데의 주제는 바이올린에 의해 섬세하고 부드럽게 표현된다. 이 두 개의 주제는 이 곡의 4개 악장에 다양한 모습으로 등장한다. 서주 뒤 제 1악장 '바다와 신바드의 배'는 술탄의 주제를 사용하여 뱃사람 신바드의 항해를 그린 회화적으로 묘사한 곡이다. 이 악장에서 기초가 흔들리는 듯한 리듬은 바다 위에서 배가 흔들리는 모습을 실감나게 묘사한 것이다. 그가 신바드 배의 항해를 생생하게 묘사할 수 있었던 것은 그가 해군사관생도로서 원양항해를 해 본 경험이 있었기 때문이었음은 두 말할 나위도 없다. 제2악장 '칼렌다 왕자의 이야기'는 우아하고 자유로운 구성의 스케르쪼로서 매우 유머러스한 특징을 보여주고 있다. 수도승으로 위장한 왕자의 모험을 다룬 이야기로 중간부에 나오는 강렬한 부분은 호전적인 왕의 노여움을 묘사하고 있다. 제3악장 '젊은 왕자와 공주'는 우아하고 이국적인 색채감이 돋보인다. 카말 알 자만(초승달) 왕자와 바두르(보름달) 공주와의 달콤한 사랑 이야기를 다룬 것으로 작은 무도회 장면을 그리고 있다. 제4악장 '바그다드의 축제·자석 바위 위의 배의 난파'에서는 바다와 폭풍을 묘사한 부분으로 가장 인상적인 악장이다. 이 작품의 마지막에서는 평온하게 끝을 맺고 있는데, 이는 술탄이 마음을 고쳐 먹고 세헤라자데와 결합하는 것을 나타내고 있다.[39] 원래는 각 악장마다 표제를 붙여 놓았으나, 림스키 코르사고프 자신이 표제를 빼버렸다고 한다. 그 이유는 어떤 이야기에 맞추어 음악을 듣는 것이 아니라 귀와 가슴으로 음의 세계를 느끼는 것을 바랐기 때문이다.

1844년 러시아의 노브고로드에서 고위 관리의 아들로 태어난 코르사고프는 해군사관학교를 졸업하고 1862-1865년까지 3년 동안 범선 알마즈 호를 타고 세계를 항해하였다. 15살 때부터 가정교사로부터 피아노와 작곡법을 배운 것 외에는 정규 학교에서 음악을 공부하지 않았던 코르사고프는 원양항해에서 돌아온 뒤 첫 번째 교향곡을 완성하였는데, 이것이 러시아에

---

39) 성음, 니콜라이 림스키-콜사콥의 세헤라자데, 악곡 해설.

65

서 작곡된 최초의 교향곡이었다. 이 곡이 어느 정도 반응을 얻자 본격적인 작곡가의 길로 들어섰다. 그의 나이 스물 한 살 때였다. 그는 발라키레프, 쿠이, 보로딘, 무소르그스키와 함께 러시아 국민악파 5인의 일원으로서 유럽 음악의 영향을 벗어나 러시아 음악의 독자성을 추구하였다. 그는 1871년 상트페테르부르크음악원의 교수가 되어 후진을 양성하는 데 힘쓰는 한편, 러시아 작곡가들의 작품을 출판하는 데도 힘을 쏟았다. 그의 문하생 가운데는 스트라빈스키와 같은 독창적인 작곡가가 배출되었다.

5) 드뷔시의 교향시 〈바다〉

바다를 표제로 한 고전 음악 가운데 첫 머리에 떠오르는 곡은 드뷔시 (Archille Claude Debussy, 1862-1918)의 교향시 '바다'(La Mer)다. 서른 살에 '목신에의 오후' 전주곡을 발표하여 유명해진 그는 1905년 '바다, 오케스트라를 위한 세 개의 교향시'를 발표하였다. 3악장으로 이루어진 이 교향시는 경험에서 얻어진 바다나 바다의 생명력이나 내면적인 생태를 파고든 작품이라기보다는 상상으로 그려낸 동경의 바다를 스케치한 풍경화라고 하겠다. 제1악장

ko.wikipedia.org

바다에서 새벽부터 정오까지(느리게)는 표제처럼 바다라는 공간에 시간이 맞물린다. 이는 마치 바다의 우렁차면서 미세한 소리의 결이 눈에 보이는 바다의 시시각각 다른 풍경과 겹쳐지는 것 같다. 수평선에 떠오르는 태양이 하늘의 정점을 향해 갈 때까지 바다도 푸름과 빛남의 정점을 향해 내달린다. 여기서 현악기와 관악기가 어우러져 내는 소리는 바다가 내는 소리, 바다가 받아들이는 빛, 바다가 내뿜는 인상이다. 제2악장 파도의 유희(빠르게)는

바다가 하나의 주체가 되어 다른 세상과 노니는 것 같다. 갈매기가 날고, 배가 항해하고, 물고기가 헤엄치고, 사람들은 바닷가를 오고 간다. 물결은 자유롭게 너울거리고, 물거품은 보글보글 일다가 이내 흔적도 없이 사라진다. 바다는 이렇게 자유와 변형의 이미지로 소리로 형상화된다. 제3악장 바람과 바다와의 대화(활기차고 격정적으로)는 격정적이고 역동적인 선율 속에서 현악기와 관악기가 엇갈리며 대화한다. 잔잔한 바람에는 살랑대는 물결, 그러다 거센 폭풍우가 몰이치면 무섭게 넘실대는 파도. 바다는 바람과 대화하기도 하고 바람을 받아들이기도 한다.

  전체 3악장으로 구성된 '바다'는 교향시의 대표곡으로 널리

알려져 있을만큼 관현악곡이면서도 '바다'를 표제로 하여 시적이고 회화적인 내용을 표현한 작품이다. 그러나 드뷔시 자신은 이 곡을 '교향적 소묘'라고 불렀으나, 사람들은 교향시에 속하는 작품으로 보고 있다.[40]

(1악장) 바다에서 새벽부터 정오까지 - 매우 느리게 : 잔잔하고 느린 선율로 흐르는 시간과 함께 일렁이고 춤추는 바다를 형상화하고 있다. 여기서 현악기와 관악기가 어우러져 내는 소리는 바다가 내는 소리, 바다가 받아들이는 빛, 그리고 바다가 뿜어내는 인상을 표현하고 있다.

(2악장) 파도의 희롱 - 빠르게 : 일렁이는 파도를 마치 갈매기와 배, 온갖 물고기들, 백사장의 사람들과 희롱하는 것으로 빠르게 연주된다.

(3악장) 바람과 바다의 대화 - 생동감 있고 격정적으로 : 바다와 바람이 서로 대화하듯, 격정적이고 역동적인 선율 속에서 현악기와 관악기가 얽혀 연주된다.

드뷔시는 비록 자신을 인상주의 음악가라고 불리는 것을 싫

---

40) http://terms.naver.com/entry.nhn?docId=1529365&cid=170&category Id=170. 2013. 9. 30.

어했지만, 그의 음악은 분명 인상주의
화풍과 연관이 있는 것은 부정할 수 없
다. 이 '바다'를 들어보면 인상파 화가
모네나 해양화가 윌리엄 터너의 그림
이 연상되기도 한다. 재미있는 것은 드
뷔시가 '바다'의 악보를 출판할 때 일본
의 가츠시카 호쿠사이(葛飾北齊)의 유명

한 다색판화인 '가나가와 만 앞바다의
파도'를 표지로 사용하려 했다는 점이다. 해양화나 바다 등을
운운할 때면 늘 거론되는 이 유명한 목판화는 후지산을 원경으
로 하고, 집채만한 파도를 근경으로 하는 한편, 부드러운 파도
는 오른편에, 부서지는 거친 파도는 왼편에 배치함으로써 단조
롭지 않게 조화미를 형상화한 작품이다.

  '바다'를 작곡할 무렵 드뷔시는 부인 릴리 텍시에와 1904년
이혼하고, 에마 바르다크와 재혼하는 우여곡절을 겪었다. 이
과정에서 호사가들의 입방아에 오르자 영국의 해안도시 이스
트번으로 이주하였다. 아내와 헤어지고 두 번째 부인을 만난
시기와 교향시 '바다'를 겹쳐 놓고 보면 흥미롭다. 왜냐하면 바
다는 인간의 감성을 자극하고 영감을 불러일으키는 동시에 욕
망과 생명에 관해 풍부한 생각할 거리를 던져주기 때문이다.
드뷔시는 25년 동안의 짧은 작곡 활동기 동안 기존 관념을 끊

임없이 깨드린 작곡가였다. 그는 상투적인 19세기 화성처리법을 받아들이지 않았고, 조성감을 없애기 위해 21 음계를 고안하기도 하였으며, 전통적인 관현악법에서도 벗어나고자 했다. 현악기는 주로 서정적으로 사용해야 한다는 통념도 가차없이 거부했다. '바다'에서 바이올린이 창조해 낸 거대한 파도 소리는 현악기 음색에 새로운 개념을 가져다 주었고, 목관악기 역시 사람의 목소리처럼 다양한 음색을 전달해야 한다고 보았으며, 금관악기 또한 원래의 음색을 변화시켜 활용했다. 한마디로 드뷔시는 19세기 낭만주의 작곡법을 퇴색시키고, 독자적인 악곡기법을 창조한 인상주의 음악의 창시자요, 완성자라 할 수 있을 것이다.[41]

6) 엘가의 연가곡 〈바다의 이미지〉

'사랑의 인사'라는 소품으로 널리 알려진 엘가(Edward Elgar, 1857-1934)는 영국의 작곡가답게 '바다의 이미지'라는 연가곡집으로 바다를 표현했다. 당초 소프라노를 위한 연가곡으로 작곡했다가 당대 유명한 콘트랄로(contralo)였던

ko.wikipedia.org.

---

41) 이근정, 「드뷔시의 바다」, 대한민국 해양연맹, 『바다』, 29호, 2009, 가을, pp.102-106.

클라라 버트의 요청으로 낮은 성조로 바뀌어 1900년에 '콘트랄로를 위한 연가곡'으로 발표하였다. 전체 5곡으로 이루어져 있다.

Sea Pictures, op.37.

1. 바다의 자장가(Sea Slumber Song) : 영국 시인 로덴 노엘(Roden Noel)의 쓴 시에 곡을 붙인 것으로, 바다의 물결을 자장가 삼아 부르는 아름답고 부드러운 선율이다.

2. 항구에서(In Heaven) : 엘가의 아내인 캐롤라인 앨리스 로버츠(Caroline Alice Roberts)가 지은 작사에 곡을 붙인 것으로, 떠남과 만남이 있는 항구에서 굽이치는 물결을 보며 부르는 노래다.

3. 바다에서 맞는 안식일 아침(Sabbath Morning at Sea) : 영국 시인 엘리자베스 브라우닝(Elizabeth Browning)의 시에 곡을 붙인 것으로, 배는 장엄한 모습을 하며 출항을 하고, 거친 바다 앞에서 신에게 평온을 갈구하듯 복종하고 안식일 아침을 맞는다.

4. 산호초가 쉬는 곳(Where Corals Lie) : 리처드 가넷(Richard Ganet)이 쓴 시에 곡을 붙인 것으로, 산호초가 쉬는 곳을 그리며 노래한다.

5. 헤엄치는 사람(The Swimmer) : 영국시인 애덤 린제이 고든(Adam Lindsay Gordon)이 쓴 시에 곡을 붙인 것으로, 5곡 중 가장 긴 6분여를 노래한다. 찌그러진 선체와 부러진 돛이 있었던 해안. 사랑하는 연인과 손을 잡고 걸었던 그 해안. 거친 폭풍우가 쓸어 가버린 해안. 그럼에도 사랑은 결코 사그라 들지 않는다.

영국의 국민작곡가라고 불릴만큼 인기를 얻고 있는 엘가는 1857년 영국 우스터 근처의 시골마을에서 태어났다. 그의 아버지는 피아노조율사이자 악기상을 했는데, 그 덕분에 바이올린을 배우기도 하고, 독학으로 작곡을 배웠다. 그러나 전문적인 음악 수업을 받지 못하고, 열 여섯 살에 학교를 마치자마자 변호사 사무실에 일하였다. 엘가는 변호사 사무실에서 일하는 동안에도 음악 공부를 멈추지 않아서 교회의 오르간 연주자로 활약했다. 그의 인생의 전환점은 29살 때 아내 캐롤라인 앨리스 로버츠와 만나고 나서부터였다. 육군소장의 딸로 가문이 좋았던 캐롤라인은 엘가에게 피아노를 배우러 왔고, 마침내 1889년 엘가와 결혼하기에 이르렀다. 엘가는 캐롤라인의 도움을 받아 작곡에 열중하였고, 1899년 '수수께끼 변주곡'을 발표하여 이름을 얻기 시작하여, 소품 '사랑의 인사', '위풍당당 행진곡' 등을 작곡하여 영국에서 명성을 얻었다. 그러나 1919년 아내 캐롤라인이 죽고 난 뒤에는 1934년 사망할 때까지 이렇다 할 작품을 내놓지 못했다. 일부에서는 전문적인 작곡법을 배우지 못한 엘가는 악보 기보법을 몰랐는데, 이를 도와줬던 캐롤라인이 사망하자 작곡을 할 수 없었기 때문이라고 주장하기도 한다. 그럼에도 불구하고 17세기 헨리 퍼셀(Henry Purcell, 1659-1695) 이후 이렇다 할 작곡가를 배출하지 못했던 영국에서 엘가는 국민 작곡가로 명성을 얻었고, 사후에도 영국민들로부터 많은 사랑을 받고 있다.[42] 그는 1904년 써(Sir) 작위를, 1931년에는 준남작(1st Baronet of Broadheath) 작위를 받았다.

7) 영국 해군행진곡 〈Heart of Oak〉

영국 해군행진곡으로 널리 불려지고 연주되는 곡이 Heart of Oak인데, March of the Royal Navy라는 부제가 붙어 있는 것에서 알 수 있듯이 영국 해군에서 즐겨 불렀던 장엄한 곡이

캐롤라인과 엘가
바다, 30호, p.96.

42) 이근정, 「엘가의 연가곡 바다의 그림」, 대한민국 해양연맹, 『바다』 30호, 2009 여름, pp. 92-97

다. 이 곡은 영국 해군 뿐만 아니라 캐나다해군, 뉴질랜드해군 등에서도 공식 행진곡으로도 사용되고 있다. 오스트레일리아 해군에서도 사용되었지만, 다른 곡으로 대체되었다. heart of oak는 범선의 주재료인 참나무의 중심으로 목질이 가장 단단한 곳인데, 여기에서는 영국 목조군함을 상징한다.

이 곡은 1759년 배우였던 David Garrick이 자신의 판토마임 극인 Harlequin's Invasion에 사용하기 위해 작사한 노랫말에 William Bouce가 곡을 붙인 것이다. 현재는 원가사와는 달리 다양하게 변용된 가사들이 불려지기도 한다. 넬슨과 엠마 해밀턴 부인과의 연애담을 다룬 알렉산더 코르다 감독의 영화 〈That Lady Hamilton〉에 트라팔가르해전 직전 넬슨 함대의 수병들이 합창하는 노래로 사용되었다.

Heart of Oak-March of the Royal Navy

Words by David Garrick, Composed by William Boyce

Come cheer up, my lads! 'tis to glory we steer,
To add something more to this wonderful year;
To honour we call you, not press you like slaves,
For who are so free as the sons of the waves?
힘을 내자, 젊은이들이여. 영광을 향해 항해하자.

이 놀라운 해에 무엇인가를 더하기 위해

노예처럼 젊은이들을 억누르지 않고, 명예롭게 그대들을 부르네

그대들은 파도의 아들처럼 자유로우니까

(후렴)

Heart of oak are our ships, heart of oak are our men;

We always are ready, steady, boys, steady!

We'll fight and we'll conquer again and again.

참나무 심지는 우리의 배, 참나무 심지는 우리들

우리는 언제나 준비되어 있네. 현침로 유지, 제군들, 현 침로 유지

우리는 싸울 것이고, 정복할 것이네. 계속해서

현재 널리 불려지고 있는 노랫말은 다음과 같다.

(1절)

Come, cheer up, my lads, 'tis to glory we steer,

To add something more to this wonderful year;

To honour we call you, not press you like slaves,

For who are so free as the sons of the waves?

힘을 내자, 젊은이들이여. 영광을 향해 항해하자.

이 놀라운 해에 무엇인가를 더하기 위해

노예처럼 젊은이들을 억누르지 않고, 명예롭게 그대들을

부르네

그대들은 파도의 아들처럼 자유로우니까

(후렴)

Heart of Oak are our ships,

Jolly Tars are our men,

We always are ready: Steady, boys, Steady!

We'll fight and we'll conquer again and again.

참나무의 심장은 우리 배이고,

졸리-타르는 우리의 선원이네

우린 항상 준비되어 있네: 현 침로 유지, 제군, 현침로로!

우리는 싸울 것이고, 계속해서 정복할 것이네.

(2절)

We ne'er see our foes but we wish them to stay,

They never see us but they wish us away;

If they run, why we follow, and run them ashore,

For if they won't fight us, what can we do more?

우린 적을 볼 수 없지만, 그들이 거기 있길 바라네.

그들은 우리를 보지 않겠지만, 우리가 멀리 있기를 바라네

그들이 도망간다면, 우리는 그들을 추격해, 해변으로 쫓아
낼 것이네

그들이 우리와 싸우지 않는다면, 우리는 무엇을 할 수 있
겠나?

(3절)

Still Britain shall triumph, her ship plough the sea,

Her standard be justice, her watchword, 'be free'

Then cheer up, my lads, with one hearts let us sing

Our soldiers, our sailors, our statesmen and king

여전히 영국은 승리할 것이고, 우리 배가 바다를 일굴 것
이며,

우리의 기준은 정의이며, 우리의 좌우명은 자유로움이라네

힘을 내자, 젊은이들이여. 한 마음으로 노래부르자

우리 병사들, 우리 선원들, 우리 정치가들과 국왕 모두.

8) 짐머만의 미국해군행진곡 〈Anchor Aweigh〉

해양 음악 가운데 가장 신명나는 곡
은 단연 찰스 짐머만(Charles Zimmerman,
1861-1916)이 1906년 작곡한 〈닻을 올
려라(Anchor aweigh)〉 행진곡이다.
이 곡은 미국 피바디음악원(Peabody
Conservatory in Baltimore)을 졸업하고 미
해군사관학교의 악단장을 맡고 있

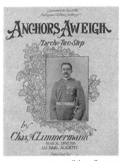

source : en.wikipedia.org

던 짐머만 대위가 당시 1학년생이었던 알프레드 마일즈(Alfred
Hart Miles)의 부탁으로 1907년에 있을 예정인 미국 육군과 해
군간의 축구시합의 응원곡으로 작곡한 곡이다. 이 경기에서
는 'Anchor Aweigh' 응원 덕분인지 해군이 승리하였다. 이후
Anchor Aweigh는 1907년 미해군사관학교의 졸업식 축하곡
으로 사용되었고, 이후 미 해군의 공식 노래로 지정되었다. 원
가사는 마일즈가 붙였는데, 현재는 조지 로트맨(George Lottman)
이 개사한 노래가 널리 불려지고 있다.[43]

---

43) http://www.navy.mil/navydata/nav_legacy.asp?id=191(2013. 9. 28.)

Anchor Aweigh

Revised Lyrics by G. D. Lottman

Anchors Aweigh, my boys, Anchors Aweigh.

Farewell to college joys, we sail at break of day-ay-ay-ay.

Through our last night on shore, drink to the foam,

Until we meet once more. Here's wishing you a happy

voyage home.

젊은이여 닻을 감아라. 닻을 감아라.

학생 시절의 즐거움과는 작별하고, 우리는 동틀 녘에 항해

한다.

육지에서 마지막 보내는 이 밤 내내, 우리가 다시 만날 때

까지 파도 거품을 마시자꾸나. 집으로 행복하게 항해에 오

기를 기원한다.

'Anchor Aweigh'는 1945년 진 켈리(Gene Kelly)가 주연한 같은

제목의 영화 'Anchor Aweigh'의 주제곡으로 사용되기도 하였

고, 1982년 리처드 기어(Richard Gere)가 주연한 '사관과 신사' 등

미국 해군이 등장하는 영화에서는 단골처럼 배경음악으로 연

주되곤 한다.

이밖에도 베토벤의 피아노 소나타 17번 D단조 '폭풍우', 슈

베르트의 현악5중주 A장조 '숭어' 등이 있다. 현대 연주음악으

로는 George Winston의 'Sea', 국내퓨전국악그룹인 Leading Tone의 'Sea', Yuki Kuramoto의 'Sonnet of the Sea'와 'Lonely Sailing' 등이 있다.

9) 랠프 본 윌리엄스의 '바다 교향곡'(A Sea Symphony)

source : en.wikipedia.org

랠프 본 윌리엄스(Ralph Vaughan Williams, 1872-1958)는 대중적으로 그리 널리 알려진 작곡가는 아니다. 하지만 그는 그리 많지 않은 영국의 작곡가 중에 엘가의 뒤를 이어 영국 음악을 부흥시키는 데 기여한 음악가다. 영국 서남부 글로스터서 주에서 태어난 본 윌리엄스는 모계 쪽으로 영국 도자기산업의 조지아 웨지우드와 진화론 주창자 찰스 다윈과도 혈연관계가 있는 부유한 가정에서 태어났다. 그는 런던 왕립음악대학과 케임브리지 트리니티대학을 졸업한 뒤 독일로 건너가 막스 부루흐를 사사했고, 프랑스로 건너가 세 살 연하인 모리스 라벨에게 배우기도 했다.

그는 1903년부터 '바다'를 테마로 한 교향곡을 구상해 착수해 라벨을 사사하는 동안 발전시켜 6년만인 1909년에 완성했다. 윌리엄스가 작곡한 9개 교향곡 중 첫 번째로 작곡한 '바다 교향곡'은 처음에는 미국의 시인 월트 휘트먼의 시집 〈풀잎〉(Leaves of

Grass)에서 발췌한 시에 합창곡을 붙인 독창적 형태로 작곡되었으나, 청자들의 마음을 사로잡기에는 미흡했다. 그러나 6년간 수정에 수정을 거듭한 끝에 그의 대표곡 중 하나가 되었다. 바다교향곡의 모티브가 된 휘트먼의 시집 〈풀잎〉은 1885년에 출판되어 미국에서는 처음에는 문단이 평이 좋지 못했지만 곧 대중을 사로잡았다. 하지만 영국에서는 그리 널리 알려지지 않았는데, 〈풀잎〉을 읽은 윌리엄스는 안정을 거부하고 도전하는 그의 시 정신에 매료되었다. 특히 미국 민중의 자유와 평등, 개척정신을 바다와 항해, 배에 비유한 시에 깊은 인상을 받았다. 젊은 윌리엄스는 난바다를 항해하는 뱃사람의 모습에서 자기의 모습을 보았고, 이를 교향곡으로 표현하고자 했다. 그 결과 6년간의 작업 끝에 1909년에 완성한 곡을 1910년 리즈 축제(Leeds Festival)에서 윌리엄스 자신의 지휘로 초연되었다.

바다교향곡은 4악장으로 구성되어 전통적인 교향곡 양식을 따르고 있지만, 성악이 많아 칸타타 성격을 띠기도 한다.

(1악장) '모든 바다와 모든 배의 노래'(A Song for all Seas, all Ships)는 장엄한 팡파르에 이어 '보라! 저 바다를'이라는 웅장한 합창으로 시작하는데, 바다의 광대함과 신비로움을 표현했다. 가사는 〈풀잎〉에서 바다와 관련된 시에서 따왔다. "보라. 바다를! 끊임없이 요동치는 가슴, 그 위에 떠

있는 배들을! 보라! 바람 속에 부풀어지며, 초록빛과 푸른 빛으로 점점이 부서지는 그 하얀 항해를! 오늘 바다를 항해하는 배의 거친, 짧은 레치타티보(recitativo, 敍唱) 사납게 흩어지는 물살과 포효하는 소리로 불어제치는 바람, 모든 나라의 뱃사람의 노래 펄펄 날려라! 오! 바다여. 너희 나라의 국기를! 펄펄 날려라! 모든 용감한 선장들! 슬퍼하리! 그들의 의무를 다한 배와 더불어 침몰한 모든 뱃사람들!"

(2악장) '밤에 홀로 바닷가'(On the Beach at Night, alone)에서는 〈풀잎〉의 포함된 연작시 '바다에서의 표류'에 포함된 '밤에 홀로 바닷가에서'를 가사로 활용했는데, 밤에 바닷가에서 파도소리를 들으며 우주의 신비에 대해 생각하게 만드는 야상곡이다.

스케르쪼인 3악장 '파도'(The Waves)는 〈풀잎〉에 실린 시 '파도'를 가사로 사용했는데, 제목처럼 바다에서 파도치는 모습을 형상화한 회화적인 악장이다.

(4악장) '탐험하는 사람들'(The Explorers)은 〈풀잎〉에 실린 시 '인도로 가는 길'에 발췌한 가사로 이루어져 있다. 4악장은 '오! 허공 중에 헤엄치는 거대한 구체여'로 시작해 '마침내 그 가치 있는 이름의 시인, 신의 참된 아들이 제노를

부르며 오리라'는 가사에서 클라이맥스를 이룬다. 이 곡의 피날레는 휘트먼과 윌리엄스 두 사람이 바다를 항해한 끝에 항구에 입항한 뒤에도 편안히 정박해 있는 것을 거부하고 있고 새로운 항해를 준비하는 것을 끝맺고 있다. "오! 나의 용감한 영혼이여! 더 멀리, 더 멀리 항해하라. 오! 용감한, 그러나 안전한 희열이여! 그것들 모두 신의 바다가 아니더냐. 오! 더 멀리, 더 멀리, 더 멀리 항해하라."

(O my brave Soul! O farther, farther sail! O darling joy, but safe! Are they not all the seas of God? O farther, farther, farther sail!)[44]

윌리엄스는 총 9곡의 교향곡을 비롯해 오페라, 발레, 협주곡, 관현학곡 등 많은 곡을 작곡하였다. 대체로 그의 악풍은 보수적이고 낭만주의적 지향을 가진 작곡가로 평가받고 있다. 대체로 그의 곡들은 그가 영국적인 것들을 중시했다는 평가를 받고 있다. 그렇다고 해서 그가 민족주의 보다는 타고 자란 고향과 고국을 당연한 것으로 받아들인 그의 개성의 발로라고 이해해야 할 것이다. 그는 영국 음악의 부흥에 교향곡이 중심적 의미를 갖는 형식이 되도록 했다는 점에서 현대낭만주의 음악에 독창적인 기여를 했다.[45]

---

44) https://ko.wikipedia.org/wiki/바다교향곡(2023. 4. 20.)

45) https://ko.wikipedia.org/wiki/레이프_본_윌리엄스(2023. 4. 21.)

3 대중음악

3.1. 가요

우리 가요에도 바다를 노래한 곡은 많다. 그 가운데서도 1940년에 김정구가 발표한 '바다의 교향시'와 1984년 정태춘이 노래한 '떠나가는 배'가 대중들에게 지금까지 널리 사랑받는 곡이다. 보통 김능인 작사로 알려진 '바다의 교향시'는 실제는 월북작사가인 조영출이 노랫말을 지은 노래로[46] 1940년 OK레코드에서 출반하였는데, 현제명의 가곡 '희망의 나라로'를 연상케한다. 특히 이 노래는 멜로디가 경쾌하여 듣는 이나 부르는 이모두에게 시원함을 전해준다. 일제 식민통치 말기 암울한 시기에 피폐해진 민심을 달래줄 희망가가 요구되던 시절 젊은 날의 추억과 낭만을 유감없이 심어주어 당시 젊은이들에게 널리 애창되어 왔고, 지금 들어도 그 가사나 멜로디가 시대에 뒤떨어

---

46) 민경찬, 『청소년을 위한 한국음악사』, 한국두리미디어, 2006, p.338.

진다는 느낌이 들지 않을 정도로 세련되어 있다. 일제 말기 대부분의 가요들이 구슬프고 애잔한 정서에 머물러 있던 당시에 경쾌한 멜로디와 희망찬 가사로 대중들에게 희망을 주고 널리 사랑받았다는 점에서 한국가요사에 중요한 의미를 차지하고 있는 노래라 할 수 있다.[47]

바다의 교향시

조영출 작사, 손목인 작곡

(1절)
어서 가자 가자 바다로 가자 출렁출렁 물결치는 십리포구 바닷가
안타까운 젊은 날의 로맨스를 찾아서 (헤이)
어서어서 어서 가자 어서 가 젊은 피가 출렁대는 저 바다는 부른다 저 바다는 부른다//

(2절)
어서 가자 가자 바다로 가자 가물가물 황포돛대 쓰러지는 수평선
섬 아가씨 얽어주는 로맨스를 찾아서 (헤이)

---

47) 현행복, 「음악 속의 바다」, 『해양과 문화』, 12호, 2005, pp.91-93.

어서어서 어서 가자 어서 가 젊은 피가 출렁대는 저 바다
는 부른다 저 바다는 부른다 //
어서 가자 가자 바다로 가자 출렁출렁 물결치는 십리포구
바닷가
안타까운 젊은 날의 로맨스를 찾아서 (헤이)
어서어서 어서 가자 어서 가 갈매기 떼 너울대는 저 바다
는 부른다 저 바다는 부른다

 1960년대 중후반 우리나라 선원들의 해외취업이 활발해지
면서 배와 항구, 바다는 슬픔과 이별의 이미지에서 동경과 기
대의 이미지로 변하기 시작했다. 우리나라 선원이 해외 선주
의 선박에 승선한 것은 1960년 6월 그리스선적의 Lamylefs 호
가 처음이었고, 1964년부터 선원의 해외송출이 본격화되었
다.[48] 초창기 해외송출은 통신장과 같은 일부 직급이나, 기존
외국 선원과의 혼승이 보통이었기 때문에 선내에서 마도로스
란 말이 일반적으로 널리 쓰일 여건은 아니었던 것으로 보인
다. 1960년대 중후반 마도로스를 소재로 한 영화와 가요들이
속속 제작되었는데, 마도로스란 말이 일반에 널리 퍼지게 된
것은 무엇보다도 이들 영화와 가요 등을 통해서일 것으로 보인
다. 경향신문 1964년 6월 8일자 기사에 박노식 주연의 〈마도로

---

48) 해양수산부 외, 『우리선원의 역사』, 2004, pp.199-201.

스 박〉(감독 신경균)에 대한 다음과 같은 기사가 실려 있다.

"흥미만을 좇은 오락물 마도로스 박 - 몬테 크리스트에다 서부극을 가미한 스타일의 액션 드라마다. 노장에 속하는 신경균 감독이 오랜 만에 만든 영화로 노장답잖게 꽤 潑剌한 젊은 기백을 화면에 불어넣고 있다. 밀수단에 가담했으나 뜻밖에 간첩과 관련되어 사경을 면한 박노식이 15년간의 해양 생활 끝에 다시 돌아와 자신을 사지에 몰아넣었던 일당, 즉 간첩들을 차례차례 해치운다. 이를테면 일대 복수편 ㅡ. 신 감독은 꽤 안간힘을 썼으나, 연출의 밀도가 아쉽고, 사진관에서 찍은 기념사진같은 평면을 줄기차게 늘어놓은 촬영이 영화를 감점시킨다. 마도로스로는 적역인 박노식의 열연과 더불어 구슬픈 가락의 주제가가 4곡이나 깔리는 등 흥미만을 좇는 변두리 관객에겐 안성마춤인 오락편으로 그럭저럭 재미는 있다.(아시아극장 상영)"

마도로스 박은 마도로스를 소재로 한 최초의 영화였다. 이 영화의 주제가는 오기택이 불렀는데, 1965년 동백아가씨 등과 함께 '日色調 一掃'의 대상가요로 지정되어 금지곡이 되었다. 흥미로운 것은 1964년 영화 '마도로스 박'이 개봉되기 이전인 1941년에 백년설이 부른 '(외항선원) 마도로스 박'이란 노래가 발표된 적이 있었다는 점이다. 대체적으로 1967년부터 우리가 오늘날 마도로스란 말에서 떠올리는 '외항선원'의 의미로 사용된 예를 많이 발견할 수 있다.[49]

외항선원 마도로스 박(1941)

반야월 작사/ 김교성 작곡/ 백년설 노래

망각의 항구에 무르녹은 수박등 달빛 젖은 돛대에 마도로스 박이다 저 섬을 돌아가면 수평천리 몇 굽이 기타를 퉁기면서 아 ~ 휘파람 분다

별 뜨는 항구에 찰랑대는 꽃물결 순정으로 가득찬 마도로스 박이다 저 별을 바라보면 고향산천 그리워 향수를 삼키면서 아 ~ 휘파람 분다

닻줄을 감으며 흘러가는 항구냐 순정으로 가득찬 마도로스 박이다 파도를 넘어서면 수평선이 몇이냐 햇빛을 치받으며 아 ~ 휘파람 분다

---

49) 경향신문(1967. 1. 26); 동아일보(1967. 7. 17) 등.

마도로스 박(1964)

반야월 작사/ 손목인 작곡/ 오기택 노래

의리에 죽고 사는 바다의 사나이다 풍랑이 사나우면 복수
에 타는 불길
꿈 같이 보낸세월 손을 꼽아 몇몇 해냐 얼마나 그리웁던
내 사랑 조국이냐
돌아온 사나이는 아 ~ 그 이름 마도로스 박

인정은 인정으로 사랑은 사랑으로 한 많은 내 가슴에 술이
나 부어다오
바다를 주름잡아 떠돌은지 몇몇 해냐 얼마나 사무치던 못
잊을 추억이냐
돌아온 사나이는 아 ~ 그 이름 마도로스 박

　　한국 선원의 해외취업이 활기를 띠기 시작한 1965년 항구
에서의 뱃사람의 애환을 그린 노래가 발표되어 선원들과 특히
한국해양대 동문들 사이에서 애창되었는데, 남일해가 1965년
에 발표한 '메리켕부두'가 그 곡이다. "메리켕(merican)"이란 말은
american의 한자차음인 '美利堅'을 일본식 발음으로 'メリケン'
으로 불렸던 데 유래한 것이다. 남일해의 원곡 '메리켕 부두'의
가사는 다음과 같다.

메리켕부두(1965년 남일해의 열풍 앨범 수록)

작사 : 손로원, 작곡 : 백영호

메리켕 밤 항구에 창문을 열어 놓으면
쓰라린 이별마다 쓰디쓴 담배연기
길게 뿜는 메리켕 저 부두에서
떠나가는 아메리카 상선에 매달려서
느껴 울던 그 사람을 바다 위에 버려야지
메리켕 메리켕 메리켕
로맨스 로맨스 로맨스

팽개치던 메리켕 캬바레에서
트위스트 춤을 추던 신나는 그 리듬에
기다리던 그 날짜를 미련없이 잊어야지
메리켕 메리켕 메리켕
로맨스 로맨스 로맨스

1965년 열풍

1968년 낙엽의 탱고

그런데 이 노래를 애창한 한국해대생들 사이에서는 '메리퀸' 이란 호화여객선의 선명으로 알려졌고, 가사도 그렇게 불렀다. 해대생들 사이에서 입에서 입으로 전승되어 온 '메리퀸'의 노랫 말은 다음과 같다.

메리퀸 밤 항구에 창문을 열어 놓고 쓰라린 이별마다 쓰디 쓴 담배 연기
길게 뿜는 메리퀸 저 부두에서 떠나가는 아메리카 상선에
매달려서 느껴 울던 그 사람을 바다 위에 버려야지
메리퀸 메리퀸 메리퀸 로맨스 로맨스 로맨스

두 가사를 비교해 놓고보면, 다른 곳이라고는 '메리퀸'과 '메리켕'이라고 하는 부분밖에 없다.

메리켕부두는 일본 요코하마의 큰 부두인 '메리켕 하토바(メリケン波止場)'를 가리키기도 한다는 설도 있지만, 식민기 때 건설된 부산 1-3부두를 통칭하기도 했다. 따라서 마도로스를 주제로 한 노래에서는 1,2,3부두만 등장한다.

메리켕을 주제로 한 최초의 노래는 남인수가 1939년 발표한 '눈물의 메리켕'과 1939년 채규엽의 '메리켕 항구'란 노래가 있었다. 그러나 그렇게 크게 인기를 얻지는 못했다. '메리켕 항구' 란 제목의 노래는 진방남이 1962년 발표한 곡과 '메리켕 부두'

란 제목으로 윤일로가 1965년 발표한 곡도 있는데, 널리 애송
되었던 것은 역시 남일해의 '메리켕 부두'다.

눈물의 메리껭(1939)

남인수 노래, 조명암 작사, 송희선 작곡

1. 울고 지는 잔을 들고 눈물 참으며
천리타관 그리움 속에 떠도는 신세이드냐
명백 없는 사나이의 피 눈물이여
아! 지향 없이 떠나가는 기적이 운다, 음.

2. 창문 속에 홀로 앉아 생각을 하면
파이프에 흩어지는 사나이 눈물이여
피자마다 시들어진 옛 사랑이여
아! 오늘밤도 타향에는 눈보라 쳤다

3. 안경 속에 남아 있는 고향 아가씨
한 평생을 맹서하든 사랑이여 남었구려
날개 없이 날러가는 눈물의 순정
아! 저 하늘을 떠나가면 언제나 오나

메리껭 항구(1962)

진방남 노래, 반야월 작사, 전기현 작곡

우는 기적 웃는 네온밤 항구는 즐겁다
무너지는 테프에 소리소리 엘레지
명주수건 날리면서 떠나가는 아가씨
멀고 먼 바다 위에는 갈매기 운다
떠는 손길 잡는 소매 밤 항구는 즐겁다
별빛 푸른 뱃머리 아롱아롱 무지개
갑판 위에 주저앉아 울고 가는 아가씨
아득한 수평천리에는 등대불 곱다

푸른 달빛 푸른 파도 밤 항구는 즐겁다
꽂아주는 카네이션 설움 설움 님 이별
못견디게 파고드는 서반아의 광상곡
울리는 태정소리만이 미련에 운다

93

메리켕 부두(1965)

윤일로 노래, 월견초 작사, 김부해 작곡

항구마다 사랑 있고 부두마다 이별인가
새파란 그라스엔 눈물도 많다만은
하룻밤 왔다가는 메리켕 상선에도
순정이 있더냐 애수가 있더냐
배 떠난 파도 위엔 꽃다발이 흩어졌네

등대마다 맹서있고 뱃길마다 이별인가
나이트 캬바레엔 슬픔도 많다만은
항구에 피고 지는 메리켕 사랑에도
정열이 있더냐 진정이 있더냐
메리켕 부둣가엔 테프가 끊어졌네

협성해운은 해외취업 1차선으로 퐁씽선무의 룽화Loong Hwa호(2700총톤)에 선장 김기현(N4)과 기관장 이상래(E4) 등 28명[50]을 1년간 승선계약을 체결해 1964년 2월 10일 승선시켰다. 퐁씽선무는 일본 고베에 본사를 두고 있는 교세이기센(協成汽船)의 선박관리회사였고, 한국의 협성해운은 일본 교세이기센의 한국 대리점사였다. 해양대 교수로 있던 김기현 선장의 급료는 280달러(약 7만 1680원)[51]였는데, 당시 대한해운공사의 선장의 급료는 1만 9천원선이어서 3.5배 가량 많았다. 한국 선원의 성실성에 만족한 퐁씽선무는 1964년 6월 2차선 룽깡龍岡Loong Kang호(5140총톤),

김기현 선장

이상래 기관장

50) 1항사 남용술(N4), 2항사 윤점동(N10), 3항사 박승진(N13), 1기사 김석한(E8), 2기사 박준순(E8), 3기사 손규현(E10), 통신장 이기룡(1945년 체신사원양성소 무선통신과 졸업, 고려전기 대표, 구미시 상공회의소 제5대 회장 역임), 갑판장 박철수. 척당 월 2800달러로 계약하여 선기장, 월 240달러, 1항기사 월 170달러, 2항기사 110달러, 3항기사 월 80달러였다고 한다. 윤점동은 2항사로 1년 승선후 1항사로 승진해 1년을 더 승선하였다. 월 110달러의 월급으로 1년간 아내와 아들 1명이 생활하고, 모은 돈으로 청학동의 대지40평 후생주택을 구매했다고 한다. 사관 구성은 해기사협회의 박순석 상무의 주도하에 이루어졌는데, 시니어 사관은 인맥으로 구성되었고, 주니어 사관은 시험으로 선발했다고 한다. 2022. 4. 7 윤점동의 증언.
51) 1964년 5월 3일 1 US$=256원. 한국은행, 『경제통계연보』, 1965, p.220.

7월 26일 3차선 룽안Loong An호(2800총톤)에 한국 선원을 승선시켰다. 이렇게 한국 선원의 해외 송출이 속속 소정의 성과를 거두자 홍콩 선사인 테후윤선공사德和輪船公司, Teh Hu Steam Shipping가 자사선 빌리Billy호(1만 3500총톤)에 한국 선원의 승선을 요청해 왔다. 빌리 호에는 김용석 선장 등 34명이 1964년 8월 12일, 2년 계약으로 승선했다.

이후 현 해기사협회의 추천으로 1964년 9월 홍콩선사인 World Wide Shipping에 백웅기(N7), 김진한(N13), 이명섭(N14), 박용섭(N15) 등 15명의 해기사를 추천했다. 이어 1967년 10월 천경해운(대표 김윤석)이 일본 산꼬기센三光汽船과 선원 공급계약을 체결했고, 1968년 LASCO해운(대표 김동화)이 미국 선사인 LASCO에 우리 선원을 공급했으며, 1969년에 김수금 선장이 미국 선주사인 MOC의 부산지점장으로 일하면서 본사 소속선에 한국 선원을 공급했다. 이렇듯 1960년대 말까지 해외취업선사는 홍콩, 대만, 일본, 미국선사로까지 확대되면서 현재까지 이어져 오고 있다.[52]

남일해의 '메리켕 부두'는 한국해대 졸업생들 사이에서는 보통 1절만 즐겨 불렸는데, 가사 중의 '아메리카 상선'의 이름으로 '메리 퀸'을 연상하는 것은 너무나 자연스러운 일이었다. 그래서 한국해대 졸업생들에게 이 노래는 학교 생활의 고단함과

---

52) 김성준, 『소동주해기』, 한국해사문제연구소, 2020, pp.57-58.

마도로스의 낭만을 함께 느끼게 해준 노래로 애송되고 있다. 그러나 1960년대 중후반 졸업 후 미국 상선에 승선하여 입신하기를 갈망했던 선배 해기사들이 큐나드 라인의 대형크루즈선으로 1936년부터 1967년까지 운항되었던 'Queen Mary'호를 연상하고, '메리켕'이란 일본식 발음 보다는 'Mary Queen'이 훨씬 부르기 수월하기도 했을 것이다. 그렇다면, 원곡의 제목이 메리켕이고 가사도 메리켕이라고 되어 있다고 해서 그대로 따라 부를 필요는 없을 것이다. 메리켕 보다는 Mary Queen이 훨씬 운치있고 낭만적이기 때문에'메리퀸'으로 불러도 좋을 것 같다.

1985년 발표된 정태춘의 '떠나가는 배' 역시 바다 너머 평화와 무욕의 땅을 찾아 나서는 희망을 노래하였다. 대부분의 항구나 배, 바다를 노래한 가요들이 연인과 가족과의 이별이나 고향을 떠나는 슬픔의 정서를 주로 노래하고 있는 데 반해, '떠나가는 배'는 오겠다는 약속이나 연인을 두고 떠나는 슬픔도 뒤로 한 채 평화의 땅을 찾아 나서는 배를 노래하였다. 그러나 창자는 배에 동승하지 못하고 멀리 육지에서 바라보는 것으로 그치고 있다. 그럼에도 떠나가는 배가 평화와 무욕이라는 희망을 땅을 찾아나가는 배로 보고 있다는 점에서 긍정적으로 평가

해도 좋을 듯하다.

떠나가는 배 - 이어도

정태춘 작사, 작곡, 노래

저기 떠나가는 배 거친 바다 외로이 겨울비에 젖은 돛에
가득 찬바람을 안고서
언제 다시 오마는 허튼 맹세도 없이 봄날 꿈같이 따사로운
저 평화의 땅을 찾아
가는 배여, 가는 배여, 그곳이 어드메뇨 강남길로 해남길
로 바람에 돛을 맡겨
물결 너머로 어둠 속으로 저기 멀리 떠나가는 배//
너를 두고 간다는 아픈 다짐도 없이 남기고 가져갈 것 없
는 저 무욕의 땅을 찾아
가는 배여, 가는 배여, 언제 우리 다시 만날까 꾸밈없이 꾸
밈없이 홀로 떠나가는 배
바람 소리, 파도 소리 어둠에 젖어서 밀려올 뿐

이 밖에도 둘다섯의 '밤배', 키보이스의 '해변으로 가요', 김
트리오의 '연안부두', 심수봉의 '남자의 배 여자는 항구', 유영석
의 '겨울바다', 김현식의 '겨울바다', 유피의 '바다', 김성호의 '바

다' 등이 바다와 배를 모티브로 하고 있다. 하지만 이들의 관점은 바다와 배 위에 있는 것이 아니라 배와 바다를 육상에서 바라보는 바다와 배다. 이와는 달리 조동진의 '항해', 김동률의 '고독한 항해', 구피디의 '항해(오딧세이)' 등은 배에 돛을 달아 직접 띄우거나, 바다 끝까지 항해한다거나, 항해를 마치고 자유를 찾는다는 내용을 노래하고 있다. 이처럼 우리 국민들에게 바다와 배, 항해는 생업이나 일상에 밀접한 것도 아니다. 따라서 우리나라 노래 가운데 진정한 의미에서 바다 노래를 찾는다는 것은 쉬운 일이 아니다. 한국해양과학기술원(옛 한국해양연구원)이 작곡가 정풍송과 가수 인순이와 함께 바다 노래를 제작하였지만, 그 앨범에 실린 곡들을 진정한 의미에서의 바다 노래로 보이지 않는다. 설사 그 노래들이 바다를 소재로 한 노래라고 하더라도 그것이 일회적인 이벤트로 제작된 노래들이라 대중들에게 사랑을 받기에는 한계가 있는 듯하다.

항해

조동진

이제 더 잃을 것도 없는
고난의 밤은 지나고
새벽 찬 바람 불어와
우리의 텅 빈 가슴으로

이제 더 찾을 것도 없는
방황의 날은 끝나고
아침 파도는 밀려와
발 아래 하얀 거품으로

끝없는 허무의 바다
춤추는 설움의 깃발
모든 것 바람처럼
우리 가슴에 안으니

오랜 항해 끝에 찾은
상처 입은 우리의 자유

고독한 항해

김동률

함께 배를 띄웠던
친구들은 사라져 가고
고향을 떠나 온 세월도
메아리 없는
바다 뒷 편에 묻어둔 채
불타는 태양과

거센 바람이 버거워도
그저 묵묵히 나의 길을
그 언젠가는
닿을 수 있단 믿음으로
난 날 부르는 그 어느 곳에도
닻을 내릴 순 없었지
부질없는 꿈
헛된 미련
주인을 잃고
파도에 실려 떠나갔지

난 또 어제처럼
넘실거리는
순풍에 돛을 올리고
언제나 같은 자리에서
날 지켜주던
저 하늘의 별 벗 삼아서
난 또 홀로 외로이
길을 잡고
바다의 노랠 부르며
끝없이 멀어지는 수평선

그 언젠가는
닿을 수 있단 믿음으로

항해(오딧세이)

구피디

나 이제 멀리 떠나온 거잖아
또 머나먼 길 가야하겠지만
텅빈 구석에 나 홀로 남겨진
그런 느낌 속에 힘들어지지만

나의 삶 나의 삶 때론 서글퍼져 올 때면
가만히 눈을 감아 보겠지
나를 믿어줘 나를 기억해 다시 돌아올 그 때까지 소중한
약속으로 남겨둬

수평선 너머 저 세계를 향해
바다 끝까지 너와 함께 항해하리
이제 수많은 사연 모두 깊은 파도 속에 던져 버리고 새로
운 세계로

끝없이 끝없이 이어져왔던 내 영혼은
또 다시 삶을 찾아 가겠지

지금 헤어져 힘들지라도
잠시 뿐인 순간 일뿐야
우리는 다시 만날 테니까

수평선 너머 저 세계를 향해
바다 끝까지 너와 함께 항해하리
이제 수많은 사연 모두 깊은 파도 속에 던져 버리고 새로
운 세계로

수평선 너머 저 세계를 향해
바다 끝까지 너와 함께 항해하리
이제 수많은 사연 모두 깊은 파도 속에 던져 버리고 새로
운 세계로

너와 함께 항해하리
너와 함께 항해하리
너와 함께 항해하리
너와 함께 항해하리

3.2. 팝송

1) 로드 스튜어트의 'Sailing'

유럽 문화의 주조가 해양문화에 있는 만큼 팝음악 가운데는 바다, 배, 항해를 테마로 한 음악이 많이 있다. 로드 스튜어트의 Sailing, 크리스토퍼 크로스의 Sailing, 로비 윌리암슨과 조지 벤슨의 Beyond the Sea 등이 대표적이다.

Source : ko.wikipedia.org

팝 음악에서 해양 음악을 들라면, 제프 백 그룹(Jeff Beck Group)과 페이시스(Faces)의 멤버로 활동하기도 했던 로드 스튜어트(Rod Stewart, 1945~)가 1975년에 발표한 '세일링'을 첫손가락을 꼽지 않을 수 없다. 세일링은 그의 허스키한 목소리와 절묘하게 어우러져 그해 영국 싱글차트 1위를 차지하는 등 'Passion'과 더불어 그의 대표곡이 되었다. 세일링의 가사는 폭풍우와 어둠을 뚫고 자유를 얻고, 주(Lord)께 가기 위해 항해하겠다는 내용이다. 가사의 내용으로는 항해 자체가 목적이 아니라, 자유와 영원한 안식을 찾아 주의 품 안으로 항해하겠다는 상징적 의미를 담고 있다. 그렇기 때문에 주에게 가기 위해 항해만을 한 것이 아니라 하늘도 날고 있는 것이다. 그럼에도 불구하고, 이 세일링은 마치 전세계 뱃사람들의 주제곡과 같이 되어 널리 사랑

받고 있다. 로드 스튜어트는 1971년 '플레이보이 선정 최고의 남성 보컬리스트'에 선정되었고, 1994년 미국 로큰롤의 명예의 전당에, 2006년에는 영국 음악의 명예의 전당에도 솔로 아티스트 자격으로 각각 헌액되었다.

Sailing

Lyric and composed by Gavin Sutherland

Sung by Rod Stewart

I am sailing, I am sailing, home again 'cross the sea'.

I am sailing, stormy waters, To be near you to be free.

I am flying, I am flying, like a bird 'cross the sky'.

I am flying passing high clouds, To be with you to be free.

Can you hear me, Can you hear me,

Thro' the dark night far away.

I am dying forever trying, to be with you who can say.

Can you hear me, Can you hear me,

Thro' the dark night far away.

I am dying forever trying, to be with you who can say.

We are sailing, We are sailing, home again 'cross the sea'.

We are sailing, stormy waters, To be near you to be free.

Oh Lord to be near you, To be free

Oh Lord to be near you, To be free

Oh Lord to be near you, To be free Oh Lord

항해

나는 항해를 합니다. 바다를 건너 다시 본향으로 가기 위해 항해합니다.

나는 폭풍우가 치는 거친 바다를 항해합니다. 당신에게 다가가기 위해, 그리고 자유롭기 위해

나는 날아 갑니다. 하늘을 가로질러 새처럼 날아갑니다.

나는 높은 구름을 지나 날아 갑니다. 당신과 함께 있기 위해 그리고 자유롭기 위해

내 목소리가 들리시나요. 어두운 밤 저 멀리로 내 목소리가 들리시나요.

나는 당신과 함께 있고 싶어 영원토록 죽도록 노력하고 있습니다. 누가 말하였던가요?

우리는 항해합니다. 바다를 가로질러 본향으로 가기 위해 항해하고 있습니다.

우리는 폭풍우 속에서 항해하고 있습니다. 당신에게 다가 가기 위해 그리고 자유롭기 위해

오 주여! 당신에게 다가가기 위해. 그리고 자유롭기 위해

2) 크리스토퍼 크로스의 'Sailing'

로드 스튜어트의 'sailing'과 같은 제목으로 그에 못지않은 명곡으로 손꼽이는 곡이 크리스토퍼 크로스 (Christopher Cross, 1951-)의 Sailing이다. 이 곡은 그의 1979년 데뷔앨범 '크리스토퍼 크로스'에 수록된 곡이다. 이 데뷔 앨범에서 'Say You'll be Mind'가 크게

www.christophercross.com

히트한 데데 뒤이어 'sailing'까지 대히트하였다. 이로써 크리스토퍼 크로스는 데뷔앨범으로 1980년 그래미 어워드 최우수 신인가수상, 올해의 노래상, 올해의 앨범상을 수상했고, 1981년 아카데미어워드 최우수노래상을 수상했다. 크리스토퍼 크로스가 이처럼 데뷔 앨범 한 장으로 성공할 수 있었던 것은 운이 좋았기 때문이 아니었다. 그는 의과대학을 다니다가 음악에 대한

열정으로 의학을 그만두고 음악으로 전향한 뮤지션이다.

그는 텍사스 주의 오스틴의 클럽을 중심으로 그룹을 만들어 활동하였는데, 그가 만든 그룹은 딥 퍼플, 레드 제플린과 같은 슈퍼밴드의 오프닝밴드로 활동하였다. 그의 데뷔 앨범도 그의 개인적 역량만이 아니라, 두비 브라더스의 마이클 맥도날드와 데이브드 사우더, 이글스의 돈 헨리 등 당대 최고의 뮤지션들이 참여하였다. '세일링'은 크리스토퍼 크로스가 작사, 작곡, 노래까지 1인 3역을 한 이 노래로 마음의 평온과 평정심을 찾기 위해 항해하면 파라다이스이자 네버랜드(neverland)로 갈 수 있을 것임을 서정적으로 노래하였다. 이 노래는 크리스토퍼 크로스의 맑고 청아한 목소리와 시적인 가사, 마치 잔잔한 바다를 항해하는 듯 한 멜로디가 어우러져 사람들의 항해심(航海心)을 고취하고 있다.

Sailing

Lyric, composed & Sung by C. Cross

It's not far down to paradise
At least it's not for me
And if the wind is right
you can sail away

And find tranquility

The canvas can do miracles

Just you wait and see

Believe me

It's not far to never never land

No reason to pretend

And if the wind is right

you can find the joy of innocence again

The canvas can do miracles

Just you wait and see

Believe me

Sailing Takes me away

To where I've always heard it could be

Just a dream and the wind to carry me

And soon I will be free

Fantasy

It gets the best of me

When I'm sailing

All caught up in the reverie

Every word is a symphony

Won't you believe me

It's not far back to sanity

At least it's not for me

And when the wind is right you can sail away

And find serenity

The canvas can do miracles

Just you wait and see

Believe me

항해

작사 · 작곡 · 노래 : C. Cross

이상향까지는 멀지 않아요. 적어도 내게는요.
바람만 좋다면, 평온을 찾아 당신도 항해할 수 있어요.

캔바스가 기적을 부릴 것이니, 당신은 그저 지켜 보기만
하세요. 나를 믿으세요.
네버랜드까지는 멀리 않아요. 그런 척 할 이유도 없어요.

바람만 좋다면, 당신은 다시 천진의 기쁨을 찾을 수 있을
거예요.
캔바스가 기적을 부릴 것이니, 당신은 그저 지켜 보기만
하세요. 나를 믿으세요.

항해. 내가 단지 꿈이라고 늘 들어왔던 곳으로 나를 데려다 줘요.

바람이 나를 데려다 줄 거예요.

그러면 곧 나는 자유로워 질 거예요.

공상.

항해하고 있을 때는 최고의 나를 만날 수 있어요.

모든 것이 몽상에 사로잡혀 있어요.

모든 말은 한곡의 교향곡이에요.

내 말이 믿기지 않나요.

제 정신으로 돌아가는 게 어렵지 않아요.

적어도 내게는요.

바람이 좋을 때 당신은 평정심을 찾아 항해할 수 있어요.

캔바스가 기적을 행할 것이니, 당신은 그저 지켜 보기만 하세요.

나를 믿으세요.

3) Beyond the Sea

'Beyond the Sea'는 그 부드러운 음악과 바다 너머에 대한 희망 찬 동경 등이 어루러져 바다와 나가고자 하는 욕구를 불러일으킨다. 가사를 살펴보면, "바다 건너 어딘가에서 나를 기다리고 있을 사랑하는 여인을 찾아 항해를 떠나서 그녀를 만나 행복을 찾을 것"을 노래하고 있다. 이 노래에서 바다 너머는 '사랑하는 애인'과 '그녀와의 달콤한 입맞춤'과 '행복'이 있는 곳이어서 그곳으로 가는 항해는 무척이나 희망과 기쁨에 차 있다. 이 곡의 원곡은 La Mer(바다)라는 샹송으로 1938년 샤를 트레네(Charles Trent)가 툴루즈와 파리 사이의 급행열차 안에서 단숨에 작사 · 작곡한 곡으로 알려져 있다. 레코드 출시는 1946년에 이루어졌다.

La Mer

La mer
Qu'on voit danser le long des golfes clairs
A des reflets d'argent

La mer
Des reflets changeants Sous la pluie

La mer
Au ciel d'été confond
Ses blancs moutons Avec les anges si purs

La mer, bergère d'azur Infinie

Voyez

Près des étangs

Ces grands roseaux mouillés

Voyez

Ces oiseaux blancs Et ces maisons rouillées

La mer

Les a bercés Le long des golfes clairs

Et d'une chanson d'amour

La mer

A bercé mon cœur pour la vie

바다

바다

투명한 만을 따라서 은빛으로 반짝이며

춤을 추고 있네.

바다

내리는 빗 속에서 변화하며 반짝거리네

바다
여름 하늘의 흰 양떼들과 순결한 천사들을 하나로 모이게
하네

바다, 끝없는 푸른 빛의 양치기 소녀

보세요,
연못가 물기 머금은 갈대들을
보세요,
하얀 새들과 오래된 집들을

바다
투명한 만을 따라서 사랑의 노래를 따라서 갈대와, 새와,
집들을 부드럽게 흔들어 재웠네요

바다
내 마음을 부드럽게 흔들어 재웠네

이 노래는 이후 잭 로렌스(Jack Lawrence, 1912-2009)가 1959년 영
어로 번안하여 Bobby Darin의 노래로 발표되어 빌보트차트 6
위까지 오르는 등 크게 히트했다. 이후 로비 윌리엄슨, 로드 스
튜어트, 스티비 원더, 조지 벤슨 등 여러 가수들이 불렀다. 불어
원가사는 바다에 대한 노래였는데, 영어 번안곡은 사랑의 노래

로 바뀌어 버렸다. 그럼에도 불구하고 가사 자체만으로 보았을
때 영어 노랫말이 훨씬 매력적인 것은 부인할 수 없다.

Beyond the Sea

somewhere beyond the sea
someone waiting for me
my lover stands on golden sands
and watches the ships that go sailing

somewhere beyond the sea
she's there watching for me
if I could fly like birds on high
then straight to her arms
I'd go sailing

It's far beyond the stars
It's near beyond the moon
I know beyond a doubt
My heart will lead me there soon

We'll meet beyond the shore
We'll kiss just as before

Happy we'll be beyond the sea and never again I'll go
sailing

I know beyond a doubt
My heart will lead me there soon
We'll meet (I know we'll meet) beyond the shore
We'll kiss just as before happy we'll be beyond the sea
and never again I'll go sailing

no more sailing so long sailing bye bye sailing

저 바다 너머

저 바다 너머 어딘가에, 나를 기다리고 있는 누군가가 있
어요.
내 애인이 황금빛 백사장에 서서 항해하고 있는 배들을 보
고 있네요.

저 바다 건너 어딘가에 나를 바라보며 그녀가 있어요.
하늘 높이 새들처럼 날 수 있고, 그녀에게 곧장 안길 수 있
다면, 나는 기꺼이 항해할 거예요.

저 별 너머 멀리 있어요. 저 달 너머 가까이에 있어요. 내

마음이 곧 나를 그곳으로 데려다 줄 것임을 결코 의심하지 않아요.

우리는 저 해안 너머에서 만나, 예전처럼 입 맞출 거예요. 저 바다 너머에서 우리는 행복할 거예요. 그러면 다시는 항해하지 않을 거예요.
내 마음이 곧 나를 그곳으로 데려다 줄 것임을 결코 의심하지 않아요.
우리는 저 해안 너머에서 만나, 예전처럼 입 맞출 거예요. 저 바다 너머에서 우리는 행복할 거예요. 그러면 다시는 항해하지 않을 거예요.

4) Styx의 'Come Sail away'와 'Boat on the river'

저승의 강을 뜻하는 '스틱스'는 1964년 John과 Chuck Panozzo 형제, Dennis DeYoung이 '로즈랜드'라는 이름으로 시카고에서 결성된 미국 록그룹이다. 그 뒤 1972년에 메이저 레이블인 Wooden Nickel과 계약하면서 데니스 드영이 제안한 Styx로 바꾸게 되었다.

스틱스의 대표곡 중의 하나인 'come sail away'는 1977년에 발표한 그들의 일곱 번째 앨범인 The Grand Illusion에 수록된 곡이다. 이 곡은 스틱스의 건반주자이자 리드보컬인 Dennis

DeYoung이 작사, 작곡한 곡으로 1978년 빌보드 차트 8위에 올랐다. 이 곡에서 '항해(sailing)'는 꿈을 성취하는 수단이라는 긍정적 의미로 사용되고 있다. 2020년 De Young은 인터뷰를 통해 다음과 같이 밝혔다. "이 곡은 더 나은 곳

www.christophercross.com

으로 가고 싶은 마음을 담은 노래입니다. 거기 어떻게 갈 수 있을까요? 보트를 타고, 배를 타고, 날개를 펄럭이는 천사들과 함께 하늘로 올라갑니다. 무슨 일이 있을까요? 별로 향하는 우주선? 그들은 외계인인가요? 커크 선장인가요? 제게 말씀해 주세요."[53)]

이 곡은 2001년 탐파에서 벌어진 제35회 슈퍼볼 결승전에서도 공연된 바 있다.

Come sail away

I'm sailing away
Set an open course for the virgin sea
Cause I've got to be free
Free to face the life that's ahead of me

---

53) https://www.songfacts.com/facts/styx/come-sail-away(2023. 1. 20)

On board I'm the captain

So climb aboard

We'll search for tomorrow

On every shore and I'll try

Oh Lord, I'll try To carry on

나는 멀리 항해하고 있어요

아무도 가지 않는 바다를 향해 열린 길을

왜냐하면 나는 자유로우니까요

내 앞에 놓인 삶에 정면으로 맞설 자유

갑판 위에선 내가 선장이죠

그래서 올라탔죠

우린 내일을 찾을 거예요

모든 해안에서. 계속 해 볼 거예요

오 주님, 계속 해 볼 거예요

I look to the sea

Reflections in the waves spark my memory

Some happy some sad

I think of childhood friends and the dreams we had

We live happily forever

So the story goes

But somehow we missed out

On that pot of gold

But we'll try best that we can To carry on

바다를 보면

파도의 반사파가 내 추어에 불꽃을 일으키죠

어떤 때는 행복했고, 어떤 때는 슬펐죠

어린 시절 친구들을 생각해요

우리가 가졌던 꿈도 생각해요

우리는 영원히 행복하게 살았어요

그렇게 이야기가 시작되었죠

하지만 어떻든 우리는 잃어버렸어요

황금단지를

하지만 우린 할 수 있는 한 최선을 다할 거예요

A gathering of angels

Appeared above my head

They sang to me this song of hope

And this is what they said

They said, come sail away, come sail away

Come sail away with me (lads)

우리 머리 위에 천사의 무리가 나타났어요

그들은 우리에게 희망을 노래하고, 이렇게 말했죠

멀리 항해를 해요

나와 함께 멀리 항해를 해요

I thought that they were angels

But to my surprise

We climbed aboard their starship

We headed for the skies

Singing, come sail away, come sail away

Come sail away with me (lads)

Come sail away, come sail away

난 그들이 천사들이라 생각했죠

하지만 놀랍게도

우린 그들의 우주선에 탑승했어요

그리고 하늘을 향해 날아갔어요

나와 함께 멀리 멀리 항해를 하자라고 노래를 부르면서

나와 함께 멀리 항해를 해요

Come sail away와 함께 'Boat on the river'도 스틱스의 대표적인 곡 중 하나다. 이 곡은 스틱스가 1979년에 발표한 아홉 번째 앨범 Cornerstone에 수록된 곡으로 1980년 빌보트 차트에서 26위를 차지했고, 독일, 오스트리아, 스위스 등지에서 큰 인기를 누렸다. 독일 5위, 오스트리아 2위, 스위스 1위를 차지했다. Tommy Shaw가 만들고 부르고 만돌린을 연주했다. 타미는 2017년 인터뷰에서 '한번도 가져본 적이 없었던 만돌린을 샀어요. 그리고 집으로 가져와서 난 기타 연주자니까 연주할 수 있을거야라고 자기최면을 걸었죠. 그런데 완전히 다른 튜닝을 해야 했어요. 그래도 코드를 집고 노래를 만들었어요. 유럽 포크음악 같더라거요. 가사를 넣은 다음에 데모를 만들곤 하던 4트랙짜리 릴 테이프에 기타, 만돌린, 베이스, 보컬을 녹음했어요. 멋지다고 생각했어요. 하지만 스틱스 노래 같지는 않았죠. 그래서 그냥 그 자체로 멋있다라고만 생각하고 있었어요. 별 기대를 하지 않고 친구들에게 만돌린으로 노래 만들었다고 자랑하고 들려주었는데, 노래를 듣더니 갑자기 다들 앨범에 꼭 넣어야 한다는 거예요. 정말 깜짝 놀랐어요'라고 말했다.[54]

Boat on the River

Take me back to my boat on the river

I need to go down

I need to come down

---

54) https://hyunjiwoon.tistory.com/2900(2023. 1. 20)

Take me back to my boat on the river

And I won't cry out any more

나를 강에 있는 내 보트로 돌아가게 해줘요

나는 강을 따라 내려가고 싶어요

나는 강을 따라 가고 싶어요

저 강에 있는 배 보트로 돌아가면

더 이상 울지 않을 거예요

Times stands still as I gaze in her waters

She eases me down touching me gently

with the waters that flow past my boat on the river

So I won't cry out anymore

물 속을 바라보니 시간은 여전히 멈춰 있고

날 부드럽게 어루만지며 순순히 내려가게 해주네요

흘러가는 저 물결이 저 강 위에 있는 내 보트를 지나면

더 이상 울지 않을 거예요

Oh, the river is wide

The river it touches my life like the waves on the sand

And all roads lead to 'Tranquility Base'[55]

---

55) 아폴로 11호가 달에 착륙했을 때 처음 내딛은 곳.

Where the frown on my face disappear

오, 강은 넓어요

강은 모래 위에 부서지는 파도처럼 내 인생에 닿아있고

모든 길은 고요의 바다로 이어지고

그 속에서 내 얼굴의 우울함이 사라져요

Take me down to my boat on the river

And I won't cry out anymore

Oh, the river is deep

The river it touches my life like the waves on the sand

And all roads lead to 'Tanquility Base'

Where the frown on my face disappears

저 강에 있는 내 보트로 돌아가면

더 이상 울지 않을 거예요

오, 강은 깊어요

강은 모래 위에 부서지는 파도처럼 내 인생에 닿아 있고

모든 길은 '고요의 바다'로 이어지고

그 속에서 내 얼굴의 우울함은 사라져요

Oh, take me down to my boat on the river

I need to go down with you let me go down

Take me back to my boat on the river

And I won't cry out anymore

오, 저 강에 있는 내 보트로 돌아가면

나는 당신과 함께 가고 싶어요. 가게 해 주세요

저 강에 있는 내 보트로 돌아가면

더 이상 울지 않을 거예요

5) The Beautiful South의 'I'll sail this ship alone'

Source : en.wikipedia.org

영국의 밴드 The Beautiful South가 1989년 자신들의 데뷔 앨범인 Welcome to the Beautiful South에 수록한 I'll Sail this ship alone은 감미롭고 부드러운 Paul Heaton의 보컬에 아름다운 가사가 어우러져 '홀로 돛단배를 타고 바다 위를 항해하는 느낌'을 절로 느낄 수 있다. 이 곡은 1997년 일본의 드라마 'Beach Boys'에도 수록된 바 있다. 이 제목과 같은 노래로 1950

년 Moon Mollican에 의해 발표되어 빌보드 싱글차트 17위까지 오른 바 있는데, Moon Mollican의 노래와 The Beautiful South의 노래는 제목이 같은 것을 제외하고는 아무 관련이 없다. The Beautiful South은 포크와 팝, 리듬 앤 블루스, 재즈 등이 어우러져 순수한 팝 록음악을 추구하였다. 2007년에 해체하였다. 이들의 음악 중에는 맥 라이언과 케빈 클라인이 주연한 〈French Kiss〉에 삽입된 'Dream a little dream of me'가 널리 알려졌다.

I'll Sail This Ship alone

If, if you choose that we will always lose
Well then I'll sail this ship alone
And if, if you decide to give him another try
Well then I'll sail this ship alone

Well they said if I wrote the perfect love song
You would take me back
Well I wrote it but I lost it
And now will you take me back anyway

Now if, if you insist that this is for the best
Well then I'll sail this ship alone
And if, if you swear that you no longer care
Well then I'll sail this ship alone

I'll sail this ship alone
Between the pain and the pleasure
I'll sail this ship alone
Amongst the sharks and the treasure
If you would rather go your way then go your way
I'll sail this ship alone

If, if you're afraid that I won't make the grade
Well then I'll sail this ship alone
And if, if you agree to him instead of me
Well then I'll sail this ship alone

Well they said if I wrote the perfect letter
That I would have a chance
Well I wrote it, and you burnt it
And now do I have a chance anyway

If, if you swear that you no longer care
Well then I'll sail this ship alone

I'll sail this ship alone
Between the pain and the pleasure
I'll sail this ship alone
Amongst the sharks and the treasure
If you would rather go your way then go your way
I'll sail this ship alone

Well they said if I burnt myself alive
That you'd come running back

홀로 이 배를 타고 항해하고 싶어

만약 당신이 우리가 언제나 질 것을 선택한다면, 나는 이 배를 홀로 타고 항해할 거예요.

만약 당신이 그에게 한번 더 시도해 볼 기회를 주려고 결정한다면, 나는 이 배를 홀로 타고 항해할 거예요.

내가 완벽한 사랑의 노래를 짓는다면, 당신에게 나를 다시 붙잡을 것이라고 얘기했어요.

그래서 나는 그 노래를 지었지만, 잃어버렸어요. 그래도 이제 당신이 나를 다시 받아주실까요?

만약 당신이 이것이 최선이라고 주장한다면, 나는 이 배를 홀로 타고 항해할 거예요.

만약 당신이 더 이상 상관하지 않을 것이라고 맹세한다면, 나는 이 배를 홀로 타고 항해할 거예요.

나는 고통과 기쁨 사이에 이 배를 홀로 타고 항해할 거예요. 나는 상어들과 보물 사이로 이 배를 홀로 타고 항해할 거예요.

만약 당신이 당신의 길을 가기를 원한다면, 나는 이 배를 홀로 타고 항해할 거예요.

만약 내가 완벽한 편지를 쓴다면, 나에게 기회가 있을 것이라고 말했어요.

그래서 나는 그 편지를 썼지만, 당신이 태워버렸죠. 그래도 제게 또 다른 기회가 있나요?

나는 고통과 기쁨 사이에 이 배를 홀로 타고 항해할 거예요. 나는 상어들과 보물 사이로 이 배를 홀로 타고 항해할 거예요.

만약 당신이 당신의 길을 가기를 원한다면, 나는 이 배를 홀로 타고 항해할 거예요.

내가 자신을 생생하게 태운다면 당신이 내게 다시 돌아올 것이라고 얘기했어요.

6) Chris de Burgh의 'Ship to Shore'

Chris de Burgh이 2001년 발표하여 히트한 'Ship to Shore'는 사랑에 빠진 자신을 연인에게 구해줄 것을 요청하는 사랑의 노래다. 그러나 자신을 침몰 중인 선박에, 연인을 육상국에 비유하여 선박과 육상국 간의 교신 내용을 주된 가

Source :cdeb.com/gallery/

사로 채택하여 해양음악으로 손꼽을 수 있게 되었다. Burgh는 또 'Sailor'란 노래에서는 "뱃사람들을 자신을 고향과 연인에게 데려다 주는 존재"로 그리고 있다.

1948년에 아르헨티나에서 영국 외교관의 아들로 태어난 버그는 더블린의 트리니티대학교 영문학과 재학 중 파티에서 어느 작곡가를 만나 음악계에 입문하게 되었다고 한다. 그는 1986년 'The Lady in Red'란 곡으로 영국 등 유럽의 주요 챠트에서 1위를 차지함으로써 두각을 나타내었다. 이 곡은 국내 드라마 〈결혼의 여신〉에서 배경음악으로 사용되기도 했다. 여주인공인 남상미가 방송국에서 실수를 하고 난 뒤 사표를 내고 귀가하는 동안 차 안에서 흘러 나왔던 곡이다.

Ship To Shore

Sung by Chris De Burgh

Ship to shore, do you read me anymore,
This line is bad, and fading,
Ship to shore, answer my call,
Send me a signal, a beacon to bring me home;

I have been to see the world, tasted life at every turn,

And all the time,

Your face came back to haunt me;

Day by day the feeling grew,

I know I'm still in love with you,

The farther that I go,

the more I know it, I wanna show it,

Ship to shore, do you read me anymore.

This line is bad, and fading,

Ship to shore, answer my call,

Send me a signal, a beacon to

bring me home;

Moving fast, all systems go,

You and I had time to grow,

Before there was a breakdown in

transmission;

How I wish that we could turn

The clock back to the days when

We were lovers in the true sense
of the meaning, you must believe me,

Ship to shore, do you read
me anymore.
This line is bad, I'm drowning,
Ship to shore, answer my call,
Send me a signal, a beacon to
bring me home;

Ship to shore, ship to shore,
ship to shore...

I cannot believe my eyes,
But I think I see a light;
You are everything I've always
Wanted in my life

선박에서 육상국으로

여기는 배, 육상국. 감도 있습니까?

감도가 나빠요. 감도가 떨어지고 있어요.

여기는 배, 육상국, 답신 바랍니다.

고향으로 나를 데려다 줄 신호와 비이컨을 보내주세요.

나는 언제 어디서나 세계를 보았고, 삶을 겪었죠.

당신의 얼굴이 나의 뇌리에서 떠나지 않아요. 여기는 배,

육상국.

하루하루 그 감정이 커져갔죠. 나는 아직 당신을 사랑하고

있다는 것을 알고 있어요. 내가 더 멀리가면 갈수록 나는

더 그 사실을 잘 깨닫게 되요. 그것을 보여주고 싶어요.

여기는 배, 육상국. 감도 있습니까?

감도가 나빠요. 감도가 떨어지고 있어요.

여기는 배, 육상국, 답신 바랍니다.

고향으로 나를 데려다 줄 신호와 비이컨을 보내주세요.

빠르게 이동 중이고, 모든 시스템은 작동 중이에요.

당신과 나는 교신이 고장나기 전에 (사랑을) 키울 시간이

있었어요.

우리가 진정한 의미에서 연인이었던 그 시절로 시계를 되돌릴 수 있기를 내가 얼마나 원하는지? 내 말을 믿어주세요.

여기는 배, 육상국. 감도 있습니까?
감도가 나빠요. 침몰 중이에요.
여기는 배, 육상국, 답신 바랍니다.
고향으로 나를 데려다 줄 신호와 비이컨을 보내주세요.
여기는 배, 육상국.

내 눈을 믿을 수가 없어요. 그러나 빛을 본 것으로 생각해요. 당신은 내 인생에서 내가 언제나 원해왔던 모든 것이에요.

7) Beach Boys의 'Sail on, sailor'

'Surfin USA'로 유명한 Beach Boys가 1973년에 '뱃사람이여, 항해를 계속하라'(sail on, sailor)는 노래를 발표했다. 싱글앨범으로 발표된 이 노래는 빌보트차트 79위까지 올랐고, 1975년에 재발매되어 49위까지 올랐다. 작곡자 중 한 명인 Brian Wilson은 '내가 좋아하지 않은 유일한 곡이다. 나는 이 곡을 결코 좋아하지 않았다'고 밝히기도 했다. 그럼에도 불구하고, 이 곡은 비치

보이스 곡 가운데 오늘날까지도 록 음악의 고전으로 FM 라디오에서도 방송되고 있는 곡 중 하나가 되었다.[56]

이 노래는 여러 가수에 의해 리메이크 되었는데, 2002년에 'To sir with love'라는 곡으로 유명한 Lulu가 부르고, Sting이 피쳐링한 곡이 비치보이스의 원곡보다 가사의 느낌을 더 살려 내었다.

sail on, sailor

composed by Brian Wilson, Tandyn Almer, Van Dyke Parks
Lyric by Ray Kennedy, Jack Rieley

I sailed an ocean, unsettled ocean

Through restless waters and deep commotion

Often frightened, unenlightened

Sail on, sail on, sailor

나는 바다를 항해했어, 불안한 바다를

출렁이는 파도와 넘실거리는 동요 속에서

종종 겁에 질리기도 하고, 무지몽매해지기도 하지만

선원이여, 항해를 계속하세요

I wrest the waters, fight Neptune's waters

---

56) https://en.wikipedia.org/wiki/Sail_On,_Sailor(2023. 1.20)

Sail through the sorrows of life's marauders

Unrepenting, often empty

Sail on, sail on sailor

나는 바다, 넵튠의 바다에 맞서 싸워,

삶을 약탈당하는 슬픔을 견디며 항해하라

결코 후회하지 않고, 이따금 빈털터리긴 하지만

선원이여, 항해를 계속하세요

Caught like a sewer rat alone but I sail

Bought like a crust of bread, but oh do I wail

Seldom stumble, never crumble

Try to tumble, life's a rumble

Feel the stinging I've been given

Never ending, unrelenting

Heartbreak searing, always fearing

Never caring, persevering

Sail on, sail on, sailor

하수구의 쥐처럼 홀로 잡혀 있지만, 나는 항해해

빵 부스러기 같은 것을 샀다 해도 오! 투덜대야 할까요

절대 넘어지지도, 절대 무너지지도 않을거야

넘어지려고 해봐, 삶이란 패싸움같은 거야

내가 받은 신랄한 비판을 느껴봐
결코 끝도 없고, 가차없는
가슴이 찢어지고, 언제나 두려운
그러나 그딴 것에 신경 끄고, 끈질기게
선원이여, 항해를 계속하세요

I work the seaways, the gale-swept seaways
Past shipwrecked daughters of wicked waters
Uninspired, drenched and tired
Sail on, sail on, sailor
난 바다, 강풍이 휘몰아치는 바다에서 일해
못된 바다에서 난파된 과거의 딸들
아무런 영감도 얻지 못하고, 물에 흠뻑 젖고, 피곤해도
선원이여, 항해를 계속하세요

Always needing, even bleeding
Never feeding all my feelings
Damn the thunder, must I blunder
There's no wonder all I'm under
Stop the crying and the lying
And the sighing and my dying

Sail on, sail on sailor

항상 부족하고, 심지어 피를 흘릴지라도

결코 감정을 갉아먹지 말아

지랄같은 천둥, 내가 꼭 실수를 해야만 할까

내가 모자란 것도 놀라운 일이 아냐

우는 것도, 거짓말도, 한숨도, 죽음도 멈추고

선원이여, 항해를 계속하세요.

이밖에 팝음악에서 바다와 배, 항해를 모티브로 하고 있는 노래로는 Chris de Burgh의 'Sailor', Neil Diamond의 'The Boat that I row', Cocoon의 'In my Boat' 등이 있다.

참고문헌

· 성음, 니콜라이 림스키-콜사콥의 세헤라자데, 악곡 해설
· 조선일보(1930. 2. 19)
· 경향신문(1967. 1. 26)
· 동아일보(1967. 7.17)
· 해양수산부 외,『우리선원의 역사』, 2004.
·『현대인을 위한 최신 명곡해설』, 세광음악출판사, 1987.
· 김성준,「바타비아 호의 참극과 유령선 플라잉 더취맨」, 한국해
    양산업협회, SEA, 2011. 10.
· 김성준,『소동주해기』, 한국해사문제연구소, 2020.
· 김성준, KOSME Webzine, 제43권 제4호(2019.8),
· 김윤식, 알려지지 않은 또 한 명의 문인 함효영, 〈기호일보〉,
    2007. 7. 29.
· 루츠 붕크,『역사와 배』, 해냄, 2006.
· 마이크 대쉬, 김성준 · 김주식 옮김,『미친 항해』, 혜안, 2011.
· 민경찬,『청소년을 위한 한국음악사』, 한국두리미디어, 2006.
· 박미현, 경포호숫가 노래비 '사공의 노래', 가사 원본 시 확인,
    강원도민일보, 2021. 2.26.
· 이근정,「드뷔시의 바다」, 대한민국 해양연맹,『바다』, 29호,
    2009, 가을.
· 이근정,「엘가의 연가곡 바다의 그림」, 대한민국 해양연맹,『바
    다』, 30호, 2009 여름.

· 이근정, 「피아노 가을 바다를 만지다」, 『바다』 31호, 2009, 가을.

· 이근정, 「청춘의 돛을 올려 바다를 건너노라」, 『바다』 34호,
  2010, 여름.

· 이상임, '감칠맛 나는 그 명태 제대로 들어보자', 부산일보,
  2010. 8. 25.

· 왕성상, 사공의 노래, 『해양한국』, 2016. 5.

· 최연화, 서도소리의 배따라기 연구, 원광대학교 국악과 박사학
  위논문, 2017.

· 현행복, 「음악 속의 바다」, 『해양과 문화』, 12호, 2005.

· www.naver.com

· www.google.com

· www.ko.wikipedia.org

· www.wikipedia.org